主编 凌翔

当代著名作家美文自选集

我们不是生来强大

沉香红 著

中国民族文化出版社

北 京

图书在版编目（CIP）数据

我们不是生来强大 / 沉香红著. — 北京：中国民
族文化出版社有限公司，2022.1
ISBN 978-7-5122-1434-7

Ⅰ.①我…　Ⅱ.①沉…　Ⅲ.①散文集－中国－当代
Ⅳ.①I267

中国版本图书馆CIP数据核字（2021）第278391号

我们不是生来强大

作　　者：沉香红

责任编辑：李路艳

责任校对：李文学

出 版 者：中国民族文化出版社　　地址：北京市东城区和平里北街14号

　　　　　邮编：100013　联系电话：010-84250639　64211754（传真）

印　　装：三河市金元印装有限公司

开　　本：710 mm × 1000 mm　1/16

印　　张：13

字　　数：200千

版　　次：2022年1月第1版第1次印刷

标准书号：ISBN 978-7-5122-1434-7

定　　价：49.80元

序言

马宗武

第一次见到沉香红，是在 2017 年的秋天，她的新书出版在即，她找到我，希望能在我的读书节目里被推荐。那天我们只在电台门口简单聊了几句。她的语气很谦卑，声音甚至还有点儿发抖，希望上中央台的节目推荐自己的书。

看着眼前孱弱的她，我仿佛看到了若干年前的自己。我明白，对于一个处在艰难的跋涉阶段的年轻人来说，任何一个机会都是难得的。更何况是对一个经历了生活的创痛，不断被现实击打，被周遭质疑的年轻女孩。

也是那次做节目，我才慢慢了解了关于她的故事。

出身农村，困窘的生活不可避免地让她身处自卑的阴影中，只能委身在文字的世界里寻求安慰和温暖。中学毕业后，她进入一家单位做仓库保管员，终日与繁重的体力劳动相伴。后来，单位援助非洲修建铁路，她主动报了名，因为那里是她喜欢的作家三毛曾经去过的地方。

非洲的生活经历让她终生难忘。除了每天从事高强度的工作，还要忍受宿舍里时常出现的老鼠、蟑螂，吃单调和过期的食物，等等。艰苦的生活之余，她开始尝试记录自己的故事。于是，每个夜晚，拖着疲惫的身体，她将自己投入到文字里，把在异国他乡里感受到的所有的喜怒哀乐，都用文字记录下来。因为有了文字作陪，她慢慢习惯了这份孤独。

文字成了她的精神救赎，也成了她苦中作乐的信仰。

这段经历，后来变成了她的第一本书《苍凉了绿》。书中真切感人的故事打动了很多读者的心，也坚定了她走上写作道路的决心。

然而，写作这条路是异常艰难的，一个年轻作家只在作品出版的那几天，会被人关注到，大多数的时候，都是默默地伏案，孤独而寂寞，甚至还要面对书出版了，却无人问津的窘境。

经济的拮据，周围人的不断质疑，也曾让她动摇过，在最艰难的时候，丈夫又离她远去，留下年幼的孩子。被泪水包裹的她真的想过放弃写作，出去找份能立刻养家糊口的工作，但最终，她都因为实在太爱文字而选择坚持写作。

于是她拼命工作，写公众号，做自己的个人电台，接各种编剧的工作，讲写作课，四处演讲，孩子睡了以后，又开始写书，每天只睡四五个小时，很快她出版了第二本书、第三本书。

我很难想象，在生活的重压之下，这些文字是怎样一篇篇地从她的笔尖流淌出来，如果不是源于对文字的热爱、对写作的执着，这样的坚持是不可能的。

这些年，越来越多的人开始喜欢她的文字，她的写作群里出现了很多热爱文学的年轻人，她们也希望能像沉香红一样写出好的文字，能像她一样做生活的强者。

终于，那个曾经怯懦的姑娘，眼中开始有了越来越多的坚定和从容。

时间会解构很多东西，包括苦难，包括情绪，包括对所有事情的理解和定义。而最后你成为的那个人，一定是比原来的那个自己更努力、更优秀的人。

从沉香红的身上，我看到了奋斗的意义。

奋斗，不在于一定会让你取得多大的成就，而是让你在平凡的日子里，活得比原来的自己更好一点，让你对生活少一点儿妥协，让你有力气保护一切你喜欢的东西，让你对一切美好事物的追求都力所能及。

更重要的是，拼命地去努力，才会让你在最美的韶光里成为最好的你。

目 录

第一辑　遇见更好的自己

你是舍得投资，还是舍得花钱　002

谋生与谋爱哪个更重要　004

我虽没有学历，但从不停止学习　007

你是自己最好的奢侈品　009

做一个经济独立的女人，到底好在哪里　011

有婚姻危机的女人，金钱对你有多重要　013

你是否曾经为了实现梦想到过北京　016

生命更重的意义在哪里　018

我不想做一个无能的妈妈　020

第二辑　奋斗的人生才有力量

安哥拉，你锻炼了我　026

当你，还只是你的时候　029

换个地方，依然有风景　031

女孩，你要善待光阴　035

痛苦的时候，站在山顶想问题　038

不要在意他们是否真的懂你　041

我只爱过你一个人　044

像蝴蝶一样美丽　047

第三辑 你的努力自带光芒

女人为什么要努力 050

一个细节就够了 052

一项技能,是女人一生的保险 055

遗憾,也是圆满的一部分 057

优秀的人更容易幸福吗 059

有的爱,只能祝他幸福 061

在爱情里,比才华更重要的是修养 064

在玻璃瓶中装满风景与爱情的少年 067

这个世界上,不是所有人都懂得感恩 070

永恒的陪伴是心灵 074

第四辑 愿你善待自己的幸福

做一个"刚刚好"的女孩 078

奋斗的人生才有底气 081

女人越优秀,越高贵 084

你要爱上一个珍惜时间的人 088

保姆,可能永远都不会替你去爱孩子 093

会说话,是一种艺术 095

活得努力,才有机会活得有地位 097

女孩,脱贫比脱单更重要 100

20 岁时,去做你该做的事 104

不要成为别人生命的差评师 107

第五辑　接纳不完美的自己

文学给了我第二次生命　112

临近 30 岁，我实现了所有梦想　115

按照自己的意愿活一生　119

你所羡慕的那对恩爱夫妻，已经离婚了　123

如何让我遇见你，在我最美丽的时刻　126

痴情，从来不是一个男人爱你的原因　129

生命回赠了不一样的你

——浅读《我走了很远的路，才来到你的面前》有感　133

坐在板凳上行走的人　138

可怕的贫穷　141

第一次，我发现自己如此无知　144

第六辑　你要学会独立行走

十年磨炼，只为经验　148

甜蜜的"负担"　151

理解你身边那些"爱钱"的普通人　155

有质量的人生，离不开规划　158

你不需要活得那么"标准"　161

生命里的陌生人　164

时光，绝不会将我拖回过去　166

月薪 2000 元的时候，我在做什么　169

生活语录　173

第一辑　遇见更好的自己

你是舍得投资，还是舍得花钱

有人在朋友圈晒旅游照，去泰国骑大象、购物花了三千多元，回国后说想学习写作，却不舍得花一千元报名。

有人梦想做设计师，咨询后得知学费需要一万元，嫌太贵，放弃了，三天后，却在朋友圈晒了一件三万元的皮草。

有人想学习化妆，听说费用要一两千元，不舍得，拒绝了，回头却吃了一顿大餐花了两百多元。

许多人都说女人要爱自己，于是有的女人每天不断地增加脂肪，再去办健身卡减掉脂肪，说这就是爱自己。

有的人没时间拜访能教自己本领的老师，放弃了许多学习机会，却花费上万元买奢侈品，告诉别人，这叫爱自己。

什么才叫爱自己？

爱自己的女人，首先舍得投资自己，而不是单纯地在物质上宠溺自己。因为当你开始投资技能与才情的时候，世界才会来爱你；当你花大笔钱给自己买奢侈品、吃喝玩乐的时候，你只是在用挥霍的方式惯坏自己。

投资技能与才情，十年后，你内在的气场与你周围的圈子都会改变，你有能力去过自己想要的生活。

而从一开始就拿钱忙着吃喝玩乐的人，十年以后，最喜欢做的事情依旧是出去混顿饭吃，报个廉价旅游团，抢购打折衣服……

年轻的时候，要活得有危机感，不是让你去担心自己的婚姻是否牢固，工作是否稳定，而是思考朋友们都在提升与改变自己的时候，你在做什么。

你有多少钱可以用来挥霍？把钱用在刀刃上这句话，就是送给拥有青春却捉襟见肘的我们。

不要将能够改变自己未来的那些金钱，用来贪图享乐。将所有的财富积累起来投资自己，定会有一个光明的未来在前方等着你。

谋生与谋爱哪个更重要

朋友问我："做自己喜欢的工作与做只为谋生的工作区别是什么？"

我回答："一个让你活得有趣，一个让你活得无聊。"

步入社会近十年，走过了人生许多十字路口，也犯过了许多青年都会犯的错误。当我看到年轻的助理口无遮拦，活得肆无忌惮的时候，似乎看到了多年前的自己。

年少时，梦想遥不可及，总以为这辈子会在被世界遗忘中浑浑噩噩过完。

毕业后，我选择了一份有稳定收入的工作，看起来活得无比光鲜，有空调、有暖气、有养老保险，总以为这就是这辈子最想要的、最幸福的工作。

然而有一天，我看到同事退休后，骑着自行车回家，过了一段时间，又看到他骑着自行车来领取退休金。我想起儿时的愿望，说第一份工资要为父亲买一辆汽车，这样冬天他再也不用骑摩托车了。

迫使我改变的第一个危机感就是：我不想退休后还骑着自行车去菜

市场，因为冬天很冷，夏天很晒。

第二个危机感是：时光在悄无声息中慢慢流逝，而我不曾成长，毫无进步，甚至在不知不觉中失去了青年该有的激情与斗志。我害怕有一天自己活成《肖申克的救赎》里瑞德那样从厌恶体制到依赖体制的模样。

人活着，要对生命有所期盼，有所幻想。

一位女性朋友婚姻不幸，遭受家暴，后来她实在不堪忍受家暴，选择恢复单身。后来事业有成、相貌极好的她无论再遇见什么样的男人，都不再动心，用她自己的话说："我不再相信会有幸福。"

不相信与不去期盼，不去幻想，等于给自己的后半生画了一个平凡的，甚至毫无责任感的句号。

生命应该是用来折腾与拼搏的，你不去奋力反抗，努力挣扎，永远不知道自己有多大的潜能。

人如果长期活在痛苦中，久而久之会麻木，会习惯，甚至不会再追求幸福。但是如果你身边一个有着相似经历却通过努力改变获得成功的人告诉你，只要你愿意相信，有所期待，只要你足够用心去改变，生命就不会亏待你。

当你真正获得了幸福，才能感受到过去的日子多么痛苦，这时你会幡然醒悟，感谢奋力反抗的自己拯救了活在贫穷与迷茫中，不舍得蜕变的自己。

做自己喜欢的事情并不容易，就好像从西安去往西藏并不是一条直路，或许要翻越几座山，趟过几条河，经历无数风霜，才能在蜿蜒曲折中，慢慢迈向终点。

职业与梦想之间有一段布满荆棘的路，然而当我们白天兢兢业业谋生，夜晚挤出时间追梦，或者降低薪酬标准，直奔梦想努力的时候，一步一步，一点一点，一切属于我们的美好时光终会到来。那个时候你会发现，曾经你卡点打卡，一边抱怨，一边工作，后来你废寝忘食，一边疲惫，一边幸福。

朋友看我每天书写与授课很是疲倦，于是问我："喜欢自己的工作吗？"我说："喜欢。"他又问："累吗？"我说："不累。"

谋生与谋爱到底有什么区别呢？区别是谋生让你忙碌过后感到孤独与空虚，谋爱让你忙碌过后感觉充实与快乐。

常听人说，兴趣是最好的老师，一个人只有做自己喜欢的事情，才能够持之以恒。倘若没有特别厚重的爱，外界的质疑与压力会使你轻易放弃。

从谋生去往谋爱的路，或者是每天下班后两个小时的经验积累，或者是周末两天的学习，又或者需要先在谋生中攒够一到两年的生活费与一笔学习费用，接下来的时间积累与你爱好有关的知识与经验，去寻找与之有关的工作。

漂亮的人生离不开规划。一个人生规划师可以对生活偶尔发发脾气，对生活偶尔产生抱怨，但更多的时候必须清楚自己将赋予人生什么意义，自己又要如何从小目标到大方向，安排三年、五年计划，明确自己在什么时候可以接近梦想，在什么年龄可以实现梦想。

并不是人人都可以成为自己的人生规划师。孔子说，三人行必有我师。老师不一定只传授给你书本知识，还会教你为人处世的本领，以及在你对生命产生迷茫与困惑时，给你正确的引导。毕竟一个人能看得清楚，活得明白，本身就是一种智慧，一个能规划和经营好自己的人，必然能在思想上给你一些启发与建议，这样的人会成为你生命中的贵人，在你心智不够成熟，对人生尚没有明确目标与规划的时候，给你许多能够改变人生走向的建议。

我虽没有学历，但从不停止学习

我转学的那一年，和我关系很好的两个朋友小米与芳芳都辍学了。

在鲁迅文学院学习期间，来授课的北京师范大学的老师说了一句让人心酸的话：越到大学越发现，贫困学生资助金没有人领，不是没有穷人，而是穷人没等到读大学，就已经辍学了。

这种现象在我们乡下非常普遍，与我同年纪的许多孩子，白天上课，晚上回到家里还要干农活，他们不会做习题，没有机会请家教补课，周末也没有城市孩子那么多的辅导班要上。

大部分孩子到了高中因为成绩太差被劝退，有的老师管理严格，学生受不了也选择了辍学。

我的两个同学——小米与芳芳，相继结婚，有了家庭，一个在城市努力奋斗买了房子，一个在乡下生了三个孩子。

每一次我们三个人见面，住在乡下生了三个孩子的芳芳极其羡慕跟她一起辍学的小米。

看到芳芳一个人拉扯三个孩子，依靠低保生活，我们都很心疼。可是当小米想让芳芳进城学习计算机绘图，帮她设计橱柜时，芳芳却说自己没有学历，做不了那种技术活。

后来，小米不仅开了橱柜店，又开了几个家具店。芳芳的孩子都开始读书后，她来小米的店里帮忙，却只挑选拖地、擦桌子、做饭这样的活来干，尽管小米提出为芳芳支付学费，让她去学一技之长，她依旧觉得自己不行，做不了那些工种。

后来小米的侄女也来了，她眼疾手快，聪明伶俐，跟着小米学了半年设计和管理，很快就成了一家分店的店长。

这时，芳芳不服气了，她认为论资历，她比小米的侄女深，但是薪水却没有她多。

在一次关于薪水的争论后，小米觉得芳芳实在太难相处，给了她一千元钱，将她打发回了乡下。

后来，小米很少去看芳芳。我们忙着打拼事业和生活，互相之间只是偶尔问候。

在朋友圈看到小米去欧洲旅行，与老公、儿子参加亲子游戏，又看到芳芳发朋友圈骂自己老公无能，赚不到钱，儿子都快饿死了，我顿时心里五味杂陈，感慨人生如此迥异。

小米看着每天郁郁寡欢的芳芳，发了一条朋友圈说，你不是没有学历，你只是懒得学习。

一个人从放弃学习的那一刻开始，便将命运交给了顺其自然，接下来的人生，任何苦难都要学会承受。

你是自己最好的奢侈品

大概一年前，我发现自己眼角的皱纹很多，于是在朋友的推荐下，我开始使用昂贵的护肤品，祛斑霜一滴管一千多元，眼霜一瓶一千多元，进店消费一次最低三千元。但是过了一段时间之后我发现，皮肤变得很脆弱。后来嫂子送了我一些平价护肤品，虽然不贵，却非常好用。

我过生日，朋友要送我昂贵的礼物，我说就送一本书吧。

有一次，一位读者说我名带沉香，非要送我沉香做的项链，我说自己容易丢首饰，不敢要，她不理解还有人不喜欢首饰。

有的时候，有人会觉得我这类人做作，买不起名牌，愣说自己不喜欢。

最初我也一直觉得可能是这个原因，但是有一天读到李筱懿的一篇文章《昂贵不是手表和包》，瞬间找到了自己不热衷于名牌的原因。

我从小家庭富裕，活得很有优越感，特别是在我们那个小地方，没有谁家孩子穿得比我跟哥哥更好。

那个时候父母买给我与哥哥的都是阿迪达斯、耐克、阿依莲、以纯等品牌的衣服，村子里大部分孩子的衣服只有二十多块钱一件，我们的衣服贵他们的好几倍。母亲不想让别的孩子自卑，从来不允许我们说自己衣服的价钱。小时候朋友们问我衣服价格，母亲都只让我说五十多块钱一件。

那是十多年前的事了。有一天，村子里一个女孩从外地打工回来，穿了一套新衣服，来我家炫耀，她说自己全身的衣服加起来三百多块钱。我刚想说我外套就三百的时候，母亲使眼色不让我说。后来走入社会，我越来越低调，不仅不喜欢炫耀，也不喜欢购买名牌。

我一直觉得喜欢晒名牌的人，或者是小时候家境不太好，或者内心太自卑。

李筱懿在那篇文章中谈到并不是说你穿 BOSS（某服装品牌），你就成了 BOSS（老板，领导）；也不是说你买了 LV，就有 LV（路易·威登）的人生。

或许是这样吧，越是没有身份、地位的人，越喜欢用奢侈品来包装自己的身价。但是不向往名牌，并不意味着让你使用粗制滥造的东西，而是让你努力打造名牌。

我喜欢一个人，他自身的品牌价值远高于那些所谓奢侈品，他的人生态度是精致的、有内涵的，他注重生活的内在温度，而不只是外在包装。

我希望有一天，一个人冲我眼睛放光，是因为我是谁，而不是因为我穿了什么，我希望把武装外在寻求虚荣的心，变成打造内在坚定不移的气场。

我不穿名牌，但是我所穿的每一件精致、好看的衣服，都让我成了许多人喜欢的人。

我觉得一个人最好的名牌，是事业赋予你的社会地位，你拥有了想拥有的人生，一切奢侈品都羞于点缀你的才能。

做一个经济独立的女人，到底好在哪里

所有的人都知道，应该让自己活得幸福与舒坦一些。但是大部分女人有三年"冷藏期"，这三年中有些女人记性很差，蓬头垢面，素面朝天，每天一张嘴就是孩子纸尿裤多少钱，孩子奶粉多少钱。

幸福的婚姻没有那么多经济方面的烦恼，如果生活每天都被一地鸡毛困扰，性情再好的人，也会变得焦虑与烦躁。

女人年轻的时候，要有一个未来五年的规划，一旦踏入婚姻，想拥有什么质量的生活，并不取决于你嫁给了谁，而是你将自己打磨到了哪个阶段。

有稳定的工作吗？有足够自由支配的收入吗？有一个能安安心心养孩子的家吗？

恋爱的时候，我们总以为自己是在选丈夫；结婚后才明白，我们其实是在选孩子的父亲。一个有爱心、有感染力、有正能量的父亲，会给孩子从小树立非常好的榜样。

所以，爱很重要，比爱更重要的是你能够慧眼识珠，遇到一个有教

养、有趣味的男人。

然而无论你遇到的是王子，还是青蛙，都不由他一个人决定这段婚姻的质量，重要的是你自己是否具有被他视为珍宝和百般呵护的能力。

恋爱的时候，男人可能因为贪图你的美貌就陪你晒一天太阳，但是婚后如果你对家庭经济贡献太小，撒娇一天，他都不会动心。

生活的压力会改变多数人的性情，不是他们不愿意浪漫，不愿意有情调，迫在眉睫的任务是如何让你们解决温饱。

如果女人的经济基础好一点，在生养孩子最苦的三年你们一起渡过难关，那"鸡飞狗跳"可能就不会出现在你的生活字典里。

周末的时候，闺蜜约你逛街，约你去做 SPA（水疗），你很想去，可是你没有经济能力，所以借口很忙拒绝了。

暑假的时候，孩子们都去旅行度假了，你老公的薪水还完房贷，所剩不多的存款还想用来买车，而你却吃喝去游玩，他不支持，你就开始哭闹。你们彼此都说不被理解，可见女人的经济独立是多么重要！

女人的幸福到底与经济独立有什么关系呢？当一个女人有能力分担家庭开支的时候，能换来父母的心疼与宠爱，能得到七大姑八大姨的赞誉，男人压力不大的时候，还有什么理由不分配精力陪你谈情说爱呢？

曾经你以为的那个天大的问题，如果你经济能力强，会把它当成事吗？

说到底，幸福不只是精神世界的相互陪伴，还有物质上的共同搭伴。

有婚姻危机的女人，金钱对你有多重要

我不赞成一个人一气之下就提离婚。婚姻不是游戏，要慎重选择开始，更要慎重决定结束。

近年来，我在全国各地奔走，遇到过许多女性读者，她们的婚姻有些存在问题。

其中有两个女性读者称自己的婚姻已经病入膏肓，却依然没有选择离婚，因为她们本身经济基础不好，害怕失去孩子的抚养权。

法律上规定孩子两周岁以母亲抚养为原则。那个时候即便你没有经济能力，如果两个人有房子，孩子与房子大概率会留给你，男方还需要支付一定的抚养费。但是如果孩子超过了两周岁，就不一定让你抚养，一般会判给经济条件好的一方。所以许多男人离婚，都会选择孩子两周岁后，或者八周岁后。而女人却没有时间概念，只是觉得感情耗尽了，想死的心都有了，才放手。越是感性的问题，越要理性处理。如果男方很有责任感，孩子可以交给对方抚养，你定期去看望；如果男方缺乏责任感，那么你就要考虑，如何赚钱了。

许多夫妻明明感情不好，还要用孩子来稳定家庭关系。殊不知，在我们这一代没有吃过苦的年轻人的婚姻里，许多人都是因为养育孩子辛苦、疲惫才致使感情破裂，最后离婚。

年轻人的婚姻不要用孩子作为黏合剂，一个体弱多病的孩子，很有可能就会引发父母三天两头吵架。

所以，孩子可以说是我们的天使，也可以说是小恶魔。

有许多女人在婚姻里早已厌倦，却因为担心孩子，所以宁可拖着，一边散发各种负能量，如抱怨、指责、谩骂，一边高呼孩子我爱你，为了你，我牺牲了后半生。

不幸福是会传染的，一个人的消极情绪久而久之会导致周围许多人都跟着他受累。

女人结婚之前不应该做一个月光族，因为没有经济基础，或者不存钱与攒钱，都会让生活质量降低。

婚前与你谈情说爱的人，婚后却在跟你谈水电费、物业费、燃气费……如果遇到一个每天忙着赚钱，却总说自己没有钱缴费，没有钱买奶粉的人，你自己的贫穷与他的没有责任感，一开始就谱写了一部悲剧。

许多人结婚后，知道自己有人疼，有人爱，很有安全感，不努力追求自己的事业，但是忽然有一天发现对方对婚姻不忠，一怒之下提出离婚，打乱了自己今后的生活。

月薪两千元的时候，我知道自己不会有机会拿到孩子的抚养权，于是我开始在小区授课，又在网上授课，直到我发现月收入近两万元，超越了对方的收入的时候，才做了离婚决定。

孩子不是谁发泄情绪的工具，当我们已经在错误的婚姻里，有了这么可爱的孩子，未来的日子，就要努力做一个好母亲，去抚养与照顾他。

最初没有赚钱能力的时候，多找一些工作，比如按小时结算工资的工作，周末与晚上回家可以在网络上兼职，也可以学习一项技能，让自己有赚钱这项能力。

你是否曾经为了实现梦想到过北京

北京的风很大，特别是十二月即将到来之前，再强壮的人，走在风中，都会将头埋进衣领或围巾中。

凌晨三点我抵达北京，住进了机场酒店，一早我又启程。

北京的地铁很方便，也很舒适，可即便如此，乘坐地铁的时候，也并没有想象中温暖。经过几次辗转我终于到了王府井书店楼下，拎着行李箱，在瑟瑟的冷风中走进去，在一楼的电脑屏幕上输入自己的笔名，想看看第三本书是否已经上架。

不久之后，我将在这里举办我的新书首场签售会。

多年前，我在新闻里常看到某某作者在王府井图书大厦新书签售的消息，对，那是多年前，就像多年前，我也曾经听说后海酒吧每个手握话筒的青年都怀揣梦想。

2015 年，我来过北京一次，想与某出版社谈第二本书的合作事宜，最终他们觉得我是个新人没有影响力，未能合作。令我欣慰的是，长江文艺出版社出版了我的第二本书《做自己的豪门》。

对，我算是一个幸福的人，第二本书出版四个月后，我的第三本书《你配得上更好的幸福》就签约了。

你说，我的人生是开挂了吗？2017年，看起来大概如此。

2015年，我还因为梦想不被理解，不被支持，时常一个人躲在被窝里擦眼泪，咬紧牙关，去看书，去记录。

时光不负有心人，这是真的，对梦想的坚持，最终让我看到了光明的未来。

贾平凹老师说，愿每个心有繁花的姑娘都被命运善待。我就是那个被命运善待的人吧。

多年前，我是一枚地地道道的学渣，成绩不好，被人质疑，但是我没有停止学习，没有停止追求梦想，直到我完成了在六所大学的演讲，直到我拖着笨重的行李箱，走进北京城。

我先是读鲁迅文学院，再就是去我做梦都没有想过的央广接受采访，听主播小马老师选读书籍里的文字，被他感动到哭。

不久，我将坐在王府井图书大厦一楼完成我的首场图书签售会，我活在了自己的梦里，我终于按照自己的意愿，一步一步实现了自己的梦想。

对，北京人杰地灵，是皇城，也是政治中心、文化中心。在这里，年轻人每天都在拼命赶路，几乎看不到一个年轻人悠闲地坐在某处乘凉，这就是北京，是多数人实现梦想的地方。

每次来北京，我都会去后海，因为那里有许多年轻人在追逐梦想。每次来，我也会去中央广播电视总台，因为我住在大山里的时候，是广播带给了我外面的世界与声音。

每次来北京，我都会去鲁迅文学院，因为我始终记得是这所学校给了我文化自信，也是这所学校让没有文凭、活得像草根一样的我，第一次有了学历，第一次敢告诉别人，我进修于鲁迅文学院。

你来过北京吗？你是否也同我一样，为了梦想，做过北漂青年？

生命更重的意义在哪里

我有些担忧前世、来生这种文化依旧在成年人的思想里存在，因为这种艺术创作的表达手段，一旦存在于生活中，就会让一部分人看轻了当下的生命，他们会认为自己还有来生可以寄予厚望。

我们多数人的共性就在于此：将梦想寄托在下一代身上。

大概是因为这种惰性思维与某种文化相融合，一部分人根本就没有认真经历今生，他们不重视生命，或者说，他们根本意识不到存在的偶然性，而离去以后的永久性有多么让人惋惜与惧怕，他们从不去思考这些。

多数人惧怕死亡，只有在生命的最后一刻，人们瞬间清醒起来，他们开始说：别傻了，哪里有下辈子呀，我其实只有这辈子，也到头了。

每到夜深人静，对于生命的思考，充斥着我的大脑。它告诉我，你将永生永世地离开，在此之前，你拥有一切选择存在的权利，但事实上我发现，人在情感面前永远无法单枪匹马。

我喜欢做有领导力的人，与团队在一起，我一定是谋划者与管理者，但我并不擅长去经营。

因此当我觉得管理团队意味着不断解决问题时，我放弃了在公司管理团队的工作，尽可能压缩被外界所占用的时间，大部分都留给自己思考与创作。

庆幸的是，每天的时间几乎都在以自己喜欢的方式流逝。但情感永远是我的软肋，因为它并不由某一个人自主决定，你所向往的、憧憬的婚姻，并不由你一个人决定。

你觉得隔三岔五地发生争执使一段感情原地打转，没有加深，就像发动汽车，刚起步就熄火，再起步，再熄火，没有山崩地裂，却也到不了天涯海角。

如此循环往复，你就厌倦了在情感中耗费时间与精力。你愿意花一个下午的时间，端一杯咖啡去思考你认为值得深入的东西，因为所有好的、接近真理的东西，都有可能会以文字的形式存在。

其实我感觉得到，我对生命的敬畏与爱，从思想认识上并不够，我甚至觉得真正厚重的意识，一定是我离开以后，再也回不来的时候，那个时候我会明白存在到底有多么神圣，多么仓促，多么易逝，多么值得珍惜。

事实上，我相信大部分人都没有最大化地珍惜生命，因为大部分人很难清醒思考：短暂的存在和永恒的离开意味着什么。

我不想做一个无能的妈妈

我一直在想，为什么自从有了孩子以后，我这个胆小如鼠的女人，会忽然激励自己要学开车？

某天，闺蜜来看望我时讲了我们之前单位一个女同事的故事。她说，有一年冬天，同事一家三口回乡下过春节，大巴车司机最初说可以送他们到村口，后来以各种借口将他们丢在途中，虽然他们穿得很厚，但是依然在等车的途中被冻得瑟瑟发抖。

作为成年人，他们认为只有公交车五六站路的距离，并无大碍。然而那一刻，与他们一起走路的，还有一个五岁多、身体刚刚康复的孩子。

人在囧途，总是世事难料。当他们刚下车准备朝家里走时，忽然狂风大作，南方的天气说变就变了。

这时他们默不作声地走着，因为行李太多，孩子只好自己徒步前行。那年，他们经济拮据，还没有买属于自己的第一辆车。

回到家里，孩子就开始发烧。春节期间，一家人除了忙碌着招待亲戚，就是照顾生病的孩子。

当时，孩子发烧非常严重，若是在城市，可以打车送医院。可这里是乡下，夜深人静，许多人都已经入睡，如此寒冷的天气，他们怎么好意思去敲邻居家的门呢？

当即他们在一起商量，如何凑够十万块钱，月供一辆车。

最初她很害怕开车，因为大城市的交通非常容易拥堵。可是每当她想起被大巴车司机骂骂咧咧地丢在路边的狼狈样子，每当她想起五岁多的儿子默默跟在他们后面前行的脚步，作为母亲，她不忍心孩子跟着他们吃苦。

大概三个月的时间，她考取了驾照，又咬咬牙挤出时间每天练习开车。每天早上他们先送孩子上学，再送她到单位，之后老公开车离开，她觉得生活有了奔头，不再需要带着儿子追赶公交车，不再因为害怕错过30分钟一趟的公交车而提前叫醒熟睡的孩子。

都说女本柔弱，为母则刚。她从一个被父母娇惯的小公主到结婚后成为人妻，开始学习做家务，有了孩子以后戒掉了睡懒觉的习惯，每天早起准备早饭，这才发现，女人的蜕变不只是因为梦想，更是因为幸福的家庭。

大部分女人一生有两大梦想：一是有个幸福的家庭，二是有个实现梦想的机会。她在公司做得风生水起，是大家钦佩与仰慕的女领导，在家里是被老公称赞为女神的女主人。

有一次她在公司加班，丈夫与儿子来接她下班时，我碰到了她一家三口。她儿子非常开朗、活泼，逢人就打招呼，那是非常和谐与幸福的一家人。

但是当我得知他们以前的生活状况时，才明白每个光鲜亮丽的人背后都经历过一段艰辛与酸楚。

她说刚买车的时候，她老公就职的公司出现亏损，面临破产。那时他每天在外面忙着找工作，她其实已经知道，却每天假装并不知情。

她常常说，没有谁的幸福唾手可得，任何一个家庭，任何一种幸福都需要我们潜心经营和用心付出。

大概是因为这样，我总是会想起她，也会偶尔打听她的近况。而前不久，我也有了自己的第一辆车。

这辆车是我少女时期就梦想拥有的红色甲壳虫汽车。在一个阳光温暖的早晨，我接到电话，一个很熟悉的声音对我说："你想要什么礼物？"

我老爹从不浪漫，他出生在北方，总是那么拘谨与寡言，这应该是我一生中感受到最浓烈与直白的一次爱吧。

当我还在电话这边猜测，老爹今天是中奖了，还是拿到了工程款时，他说："我在来西安的路上，一会带你去买一辆甲壳虫汽车。"

就这样，我在这个穷得只吃得起饭的阶段，因为深沉的父爱拥有了一辆车——红色甲壳虫。

过去我除了把钱用来照顾儿子、写作，剩余的钱都用在了旅行中，然而当这辆并非靠我自己奋斗而来的车写上我的名字时，我除了内疚、自责，更多的是希望自己快速地成长与变得优秀起来。

日子越来越忙，我在互联网上教学，很不愿意去学习开车，也大概如此，那辆漂亮的甲壳虫汽车经常落满灰尘。

那晚我与儿子从新家出来，依旧准备打车，由于新房位于一个比较偏僻、还未被开发的路段，到晚上八点以后，就很难打得到车，于是我决定带着他朝繁华路段走一走。

儿子只有四岁，最初很乐意陪我走路。然而这毕竟是北方的冬天，一到夜晚寒风凛冽，他走了一站路就让我抱着。

可是他已经很重了，我这个只有一米六的小个子女人怎么抱得动呢？抱着他走了不到十分钟，我就气喘吁吁，开始抗议，这时他只好下来自己走路。

看着他瘦小的身影投射在人行道上，一辆一辆大卡车扬尘而去，我很是自责。我是多么失败的母亲呀！父亲为了我们出行方便，将车买好了送给我，我却不会开，甚至不愿意开。

看到孩子陪着我走在漆黑的人行道上，我一遍又一遍地说服自己，必须下定决心努力学习开车，不为别的，只希望儿子不因我的懒惰与笨拙而受罪。

有许多人说，孩子就应该去吃苦，我也一直在尝试着锻炼我的孩子，但是我希望他吃的苦，是因为他为自己的人生在铺垫、在锻炼，而不是因为母亲的无能与笨拙。

我有一个朋友，他读书的时候成绩很好，可以考取外地名牌大学，但是家里经济条件一般，他不得不选择了一所本地普通高校。大学毕业以后他听从父母的安排，选择了留在他们身边工作。

结婚以后，父母跟他们住在一起，妻子与母亲因为两代人的思想观念与生活习惯不同而常常起冲突。而他总是袒护母亲，因为他认为父母养育他特别艰辛与不易。许多父辈年轻时吃尽了苦头。年轻人便将这份沉重的爱背在身上，并认为言听计从就是孝顺。

听说他们家境一般，我便托人为他父亲介绍了一份相对稳定又轻松的工作。但是问题出来了，他的母亲认为父亲一辈子没有出过远门，就算出去，也不放心。

我试探性地问："你的父亲之前去外面闯荡过吗？"他摇了摇头说："父亲大半生都在村子里种菜、卖菜，很少出去。"

开始写作以后，我去过大大小小三十多座城市，遇到过不同群体，也听过不一样的故事。在我看来，没有一个时代只出穷人，不产富人，就像现在这个社会，有的人一贫如洗，有的人家财万贯。除了极少数幸运儿外，大多数经济条件优越的人，都舍得付出、拼命挣钱。

有一些人年轻的时候，没有机会读书，只学会了一门手艺。后来随着时代的进步，他们不断地尝试不同的工作，最后也成就了一番事业。有的人无论生活在哪个时代，都会觉得自己就是被上帝忽略的那个人，每天干同样的工作，从最初的生疏到后来闭着眼睛都能去做，永远在重复单调与没有挑战性的事情，久而久之，就可能变得非常平庸。

在各类教条文化影响下，越是贫穷家庭出身的孩子，负担越重，除了他们本身要担负的经济压力，还有一部分来自于亲情这份沉重的责任。

一些影视剧里，总是出现富二代仇视父母、穷二代感恩父母的剧情。可现实生活中并非如此，当我们走进生活相对富裕的家庭，你看到的是尊重与教养，和谐与快乐；而相对贫穷的家庭则经常充斥着争执与抱怨，打击与诋毁。贫富差距有些是由人与人之间的思想差异形成的。

一般来说，人的思维总偏向穷人更加努力，穷人更加勤奋。我不这样认为，作为一个母亲，我不认为自己无能就意味着自己的爱更伟大。只有当我足够优秀，足够努力，我才认为自己有资格爱得更好。

这是我理解的爱，也是我从无能向无所不能奋斗的原因。

从学习做饭到学习开车，从月薪 2000 元到年收入 20 万元，从一个每天翘课、打游戏的问题少女到一个积极上进、乐观开朗的母亲，我不希望我的孩子因为我的无能，而背负"欠"我的这种负罪感。

如果我足够优秀，我可以分享资源与机会给他，但是如果我自己无能，我没有资格对他说，我的爱有多么不易与厚重。

第二辑　奋斗的人生才有力量

安哥拉，你锻炼了我

刚参加工作那年，一天，我刚从工地回来，坐在办公室喝茶，忽然天旋地转。

有人说：地震了！

我吓得全身哆嗦，站在公司楼下远望对面的大山轰然坍塌，第一时间给家里人拨打电话，却一直忙音。

那年我还年轻，第一次目睹了地震的魔性，体会到了生命的脆弱。

时隔两年，2010年，我被派往非洲国家安哥拉工作。

公司当时去了项目领导、技术人员、货车司机等上千人，可女性只有几个。去安哥拉之前，我只知道自己要在那里的业务部记账，想着就是换了个环境工作，并没有其他不同。

安哥拉是非洲国家，2002年才结束了27年的内战。公司负责安哥拉全线铁路修建，因为物资管理需要，我被临时安排到保管办工作。

这份工作听起来很简单，只是给来公司领取物资的车辆装货物。可实际上工作量很大，我一个没有任何相关工作经验的人，一上手就要管理 1000 多种物资，除了要弄清楚这 1000 多种物资的摆放位置、发货数量、账面数字，还要经常坐车去码头清点新到物资。为了赶在安哥拉总统大选前完工，我们经常夜以继日地工作。

我在那里，曾因劳累过度，两次疟疾侵体，躺在床上动弹不得。也因在库房发货碰到毒蜘蛛，身体半边蔓延着红色疹子，难以言说地疼。没有办法，我用绣花针一一刺破，直到半面身体发紫，疼痛感才渐渐消失。

非洲的骄阳经常灼伤我的皮肤，上一秒我暴晒在太阳底下，看着工人将集装箱里的货物慢慢掏出，下一秒就需要开着叉车风尘仆仆地去装车。每次打开集装箱的门，里面的蒸气扑面而来，迎着热气，我蹿进集装箱，一件一件认认真真地清点要发出的货物。半个小时，一个小时……等货物发完，我已是满头大汗，衣襟全湿。

那种"暗无天日"的生活，整整将我打磨了一年之久，为安哥拉万博省铁路线供应了所有物资。

离开非洲的前一晚，原计划入住公司在安哥拉首都罗安达的招待所，经理给司机打电话说不能去了，因为前几天那里被人持枪抢劫了。

司机挂了电话说："一会儿就到罗安达了，你还买钻戒吗？"我说："当然，这是送给家人的礼物。"司机说："市中心不安全，一会儿千万不要打开窗户。"

汽车先是驶入一条泥泞的巷子，后来停在了一个关闭着的大铁门前，我疑惑地问司机打算做什么，司机说检查一下车况就出发。

我看见一个华人过来开门，好奇地问司机为什么修理厂要关着门做生意，司机说："在安哥拉做生意，哪个华人不是关着门的？"

司机坐下来开始抽烟，经理的电话回了过来："一会儿你们去公司项目部住一宿，我和那边的领导沟通过了。"

赶到临时落脚点的时候，天已经漆黑。我紧张不安地看着路前方，只见车停在了士兵的值班室前，士兵过来盘查一番，我们便被放行，接着车开了 5 分钟后进了一个小院。

这里的同事把一个闲置的宿舍简单收拾了一下。我到房间放行李，发现屋里钻满了蚊子，吓得跑了出来。

我问同事怎么办——一屋子蚊子！

同事说没事，一会它们就死光了。

事实上，非洲的蚊虫陪我"畅聊"了一夜。坐上航班，我终于感觉轻松了，闭上眼睛，沉沉地睡去。

经历过疟疾侵体、蚊虫叮咬，无数个 24 小时不间断工作后，我成熟稳重了很多，也变得更加有毅力。有朋友问我是否后悔去非洲，我说非洲这盏苦难的灯塔为我照亮了人生的方向。

经历过这些，我更加愿意在写作这条孤独的路上，默默地走下去，也能够把平淡的生活经营好，因为我知道，我所拥有的这一切，也许是别人 10 年、20 年后还在努力争取的。

当你，还只是你的时候

写作是一个漫长的进程，有点儿像人类的进化过程，一点一点从爬到站。写作者最初都是亦步亦趋地摸索。在做网络培训的几年里，我遇到过很多喜欢文学的朋友，有人加了我的微信，问的第一句是：老师，您告诉我，我这样没有基础的人，需要多久可以发表文章？我说：不知道，像我这样偶尔能发表文章的人，坚持了10年。

有人一听，10年才能发表，吓得直接退缩了。

可写作不是做数学题，也不是吃快餐，交了钱，拿了餐就能吃到。

写作更多的是自己与自己较量，老师能指点的，或许只是在最关键时刻的那么两句，更多的时候，要靠自己阅读和自己书写。

从8岁开始写作文到26岁，我写了多少张稿纸，多少个文档，早已无从计算。从初中开始，哪一本课本的扉页不是被我写满各种故事。

可是坚持了10年又如何呢？

2013年，为了鼓励自己坚持创作，我自费出版了第一部散文作品《苍凉了绿》，我以为这本书会带给我好运，可是它除了让许多人知道了我在写书，并没有带给我好的运气。

取而代之的是家里人和同事铺天盖地的质疑，我的书籍被家里人称为"垃圾"，原因是我的书籍大多只是写自己的事情。

有吗？怎么只写了自己呢？我打开书籍，仔细翻看，我看不到问题的所在。3 年过去了，我终于有勇气写第二本书，这时我已经找到了矛盾的根源。第一本书，无论故事发生在谁身上，有太多用了第一人称，就是这第一人称的反复出现，被只看热闹，不懂写作技巧的人，当作了笑话。

原本我以为，第一人称更能表达文学的艺术性，可是它没有发挥出艺术性，却让更多人产生了误解。

后来，有人跟我开玩笑说，当你还只是你的时候，尽量不要书写自己的私生活，因为除了你爸、你妈，没人对你的生活感兴趣。

我问："那我应该写什么呢？总不至于去写自己并不熟悉的人吧？"

她说："对，就是写别人，写你朋友的事、同学的事、同事的事、路人甲的事。"我似乎并不明白，她继续说："你看看张小娴的书，有几个写到情人的时候，用了第一人称？她都只是微微提一句'一个朋友带着自己的情人'。要不就写 W 先生，要不就写 M 女士，但是从来不写自己。"

很多人，在写作的最初阶段，把写文章当成了写日记，对文字的虔诚用在对生活的全盘挪移上。

什么是文章而不是流水账呢？

文章只取其精华，去其糟粕。围绕主题，把需要的那部分写下来，不需要的就一笔带过，或者忽略不写。

在某些时候，加工出来的作品，比你经历的更感人，因为你提炼了最感人的部分。

当你懂了文章的写作艺术，你或许会接受他人说的"当你，还只是你的时候，学会把那些发生在你身上的故事，套用第三人称书写"。有的故事，适合你讲，有的事情，只适合故事里的那个人去说。

换个地方，依然有风景

当我忙得手忙脚乱，叫天不应，叫地不灵的时候，闺蜜淋得像落汤鸡一样出现在我家门口。我惊讶地打开门，问："你怎么来了？"这时她后面忽然冒出来的一个中年男人抢话说："你是她朋友吧，快点儿劝劝她，这么晚她拦我的车要去汉城湖，我觉得有问题，硬是让她给我说了一个地方，拉到这来了。"

我谢过师傅，他忙着去拉活了。闺蜜进门扑到我身上哭得稀里哗啦。一边哭，一边念叨："我以后怎么活呀，我男朋友跟我分手了？"

我想我失恋的次数要比她恋爱的次数多，所以劝劝她也未尝不可，更何况我也对失恋的痛苦深有体会。

可我依旧不解："亲爱的，你大晚上去湖边做什么呢？你不怕遇到坏人吗？"

闺蜜一边哭，一边摇头，嘴里不停地说："我想一死了之，我都不想活了，还管什么坏人。"

天哪！一失恋就要死，你听说过吗？当然这个世界被分手后跳江河湖海寻死的人太多了，可偏偏我从未产生过要为谁去死的想法。

刚恋爱那会儿我很天真，喜欢记录幸福经历。可分手后回头去看，觉得这满满的幸福成了若隐若现的疼痛，留着不如删了，删了意味着彻底告别过去。

许多人觉得疼痛，不是因为放不下，而是不知道爱情是有可能发生很多场的，失恋也一样。决定牵手的那一刻，就一定要想到分手是否能够承受，如果承受不了，就尽力去经营这段感情。

看着闺蜜每天黯然神伤，抱着烟酒寻求麻醉，我拉下面子去找她的前男友，结果却是，我这么一个侃侃而谈的人都被他说得哑口无言。对方只跟我说了一句话："你好好问问她是怎么对我的，现在我决定了，必须分手！"

许久以来，闺蜜与男友的爱情我知之甚少，只知道她终于迈出第一步，可我并不知道她是如何去爱对方的。这次既然她来找我，我便好好听听她的爱情故事。不听不知道，一听着实吓了一跳。这位对人热情、有礼貌的朋友在面对爱情时竟然苛刻到一不高兴就提分手。她想当然地认为，对方是不会离开她的。

我问："你动不动就提分手是因为什么？"

她说："为了证明他很爱我。"

"事实呢？"我又问。

她点燃一支香烟，气愤地说："事实就是他并不爱我，不然怎么会与我分手？"

我狠狠地咽了下唾沫，恨不得抽她一嘴巴，可一想到毕竟是初恋，不知道怎么谈也情有可原。于是我耐心地跟她说恋爱具体要怎么谈，怎么样可以让爱情更加牢固。

不管谁追谁，谁都不欠谁。女人容易在谁追谁这个前提条件下，选择爱情模式。有的女人被男人辛辛苦苦追了五年，追到手后，女人就把自己当女神，对男人横挑鼻子竖挑眼，总觉得对方就是自己的小跟班，可以呼之即来挥之即去，一不高兴马上拿分手说事。前几次男人会觉得爱情得来不易要且行且珍惜。如果时间久了，该牵的手牵了，该做的事情做了，你觉得你选择了他，更把自己的一切都给了他，就像上帝给人类莫大的恩赐一样，不久你就会失去这份爱情。

我们知道好的爱情需要彼此珍惜。珍惜不是他追你，你给他爱你的机会，同时剥夺他平等的权利。珍惜是即便是女神也要懂得包容。即便你不会做饭，也要学着去做；即便你在家是大小姐、小公主，也要学会以平等的身份相处。

女人追来的爱情其实也一样。男人自认为你追求他，你深爱他，所以在爱情的态度上比较傲慢。如果态度无法摆正，爱久了另一方便会很累。当他适应了自己像王子、你像女仆的角色时，你却刚好已经累了，此时你会离开，他会伤心。

在网上看到有人开玩笑说："如果你爱你的老婆，就把她宠坏。这样如果有一天你离开了，保证没有第二个人能包容她。"

所以小爱是感觉，大爱是包容。彼此保持平常心态，张弛有度，才能让爱情更加长久。

有一些恋爱，不是因为态度而分手，而是因为家庭、工作，或其他种种外界因素。当我们发现，我们真的不能再爱的时候，我们要学会放手。

闺蜜就是以为那个男人会一直包容自己，包容自己的一切，包括结婚的程序，都要按自己家乡的习俗来。结果，当她男友忍无可忍时，就分手了，一切覆水难收。

此时我们不要哭，不要后悔，好好调整自己，面对下一段感情，清楚自己该怎样做、不该怎样做就好。

可是，如何让一个失恋的人，能够轻松地面对这个过程呢？我思考了许久。对于经常在外走的人，失恋不足以有杀伤力，因为看过世界的人知道大海失去一滴水依旧会浩浩荡荡，横无际涯。可对于坐在井底观天的人来说，失去一片云，就好像整个天空都塌陷了。

去旅行吧！这是我对失恋者最好的忠告。无论你启程那一秒是否愿意踏上旅途，但是只要有人愿意与你同行，只要你在旅途中能遇到兴趣相投的伙伴，你会在观望风景的时候醒悟，你甚至会面对从来没有看到的大海大喊一句："世界那么大，我想去看看！"

是呀，你吃了从来没吃过的美食，你会发现，原来这个世界还有这么好吃的东西；你去了没有见过的草原，你会知道，原来这个世界还有另一些人的存在；如果你去马尔代夫邂逅自己的偶像，去"新马泰"遇到新的爱情，你会幸福地问自己：我是傻子吗？曾经差点儿为一个人去死。

再回到身边，我问旅行归来的闺蜜："亲爱的，你现在还痛吗？告诉我，你现在是什么感觉？"闺蜜一边从背包里掏出明信片一边说："当初怎么那么傻，还想为他自杀。如果真的死了，要错过多少风景。"

我说是呀，每一次恋爱，就好像在享受一处风景，无论是风景腻了，还是你腻了，带着行李洒脱离开就好。

女孩，你要善待光阴

我上高中时，网络上流行一种叫"劲舞"的游戏。那时我几乎每天都会躲在网吧，把父母给我的生活费充值到网卡中，然后打开电脑，直接走进"陕西红树林区"游戏空间，选几首速度很快的歌曲，接着开始随着音乐的节奏，按着上下左右键来跳。

如果人生只有上下左右键那么简单便好了。整整跳了3年之后，我没有在游戏里称王称霸，赢得皇冠，却在生活中与我理想的大学失之交臂。

后来我被丢弃到社会上，每天在职场上中规中矩地做人做事。

时隔半年，一次我无意又走进了"陕西红树林区"游戏空间。我在别人的房间跳了一把188速度的8键，马上就有陌生男人对我说：走，我们去开个房结婚吧？对了，下次跳的时候，记得要3个抱抱……

过去为了在这个游戏里有名气，我还特意给游戏人物买服装、饰品。现在，再一次走进游戏，听着过去熟悉的语言却极其厌恶。

游戏分房间，每个人可以用文字自创房间，之后会有人根据房间的名字进来。有的房间名叫"求结婚"，有的房间名叫"求偶遇"，有的房间名叫"我要烧房"。一次我在游戏里与人发生争执，半夜在网吧给熟睡的同学打电话：起床，来帮我烧房！

那时这个游戏很火，网络语言似乎人人皆懂，与我关系好的几位同学忽然半夜爬起来打开电脑开始玩游戏。我们赢了那个进来说要"踩"我的人之后把房删掉，再自我膨胀地说"烧了"。

正当我目视着冰冷的屏幕发呆时，一个网友弹来视频，我没有接，随之看到他说：快来玩游戏，红树林区，房间叫"我爱你"……

是谁玩坏了爱情？为什么近年来分手率高了，离婚率高了，真爱却少了？是因为珍贵的爱的言语已经在网络上泛滥成灾，致使人们听到"我爱你"就像听到"你吃饭了吗"一样正常。

在各种复杂的情绪中，我退出游戏，退掉网卡，关上电脑，孤独地走出网吧。在灯火阑珊的大街上，我淋着秋天冰凉的雨，思考人生的方向。

我真的要嫁给电脑吗？真的要一辈子与它盲目度日吗？不！我的人生绝对不是这样的。我清楚地意识到生命的可贵，它从来不向我们发问，不责难，也不警告，可它默默地用时光记录着，流逝着，直到有一天它用漫无边际的直线来宣告我们离世。

我没有再沉湎于高考失利的痛苦中，而是重新鼓足勇气参加成人高考，并且成功考入了西安文理学院汉语言文学专业。

在知识的海洋里，我感受到生命的圣洁与厚重。阳光洒在图书馆的落地窗前，我看着每一寸光阴的离舍，似一根沉香在炉火中静静燃烧。

我感恩自己的自省、自知，感激那浑浑噩噩的经历让我意识到前途的重要性，让我树立了目标，立志成为一名优秀的作家。

我把像米粒一样洒落一地的光阴，一粒一粒捡拾起来，全部积攒在一起用来阅读与书写。我虔诚地拜师。

我出书，写剧本，发文章，一切都在努力中，老树发新枝般地开着那不起眼却能结果的花。

时过境迁，我自觉老了许多，可这样的老让我觉得幸福，它附带着我的成熟、聪慧、知性。每当我看到有女孩像过去的我一样挥霍着光阴，就会无比心痛。

我们都会老，是穷困潦倒、孤苦伶仃地孤老，还是丰盈富足、幸福到老，我们都要好好想想，因为只有想清楚了自己需要什么，才能努力去实现它。

痛苦的时候，站在山顶想问题

有位朋友，刚结婚那些年，特别怕老公出轨，经常逼迫老公应酬时带着自己。如果有一次老公不带自己，她就会大发雷霆。

一天，她老公送一个女同事到公寓楼下，恰巧被她碰到，二话不问，便吵了起来。这时，女同事的男朋友从楼上下来，男友原本想感谢对方，但看到陌生女人对着自己的女友指手画脚后，竟也加入争吵之中。

事情过后，男人觉得有失颜面，干脆搬离了家，女人整日以泪洗面，过着痛不欲生的日子。

女人想用吞服安眠药自杀的方式来威胁男人，结果却在被送往医院之后，查出了另外的病症——子宫内膜癌。

为了活下来，医生要求女人切除子宫，可女人还未生育，男人毫不犹豫地在手术单上签了字，女人被推进手术室，直到第二天才苏醒。

男人一直守在女人的身边，女人流下了眼泪。男人安慰妻子说：都是我不好，我不该总是与你争吵，惹你生气，以后我会少些应酬，多些时间陪你。女人更是悔不当初。如今她连生孩子的能力都没有了，要怎么留住男人的心呢？她闭上眼睛，让泪水落进心底。

女人出院后要求男人将自己送回娘家，她娘家在山上，这样她便能经常去山顶看看，只有她站在山顶俯视万家灯火，才会豁然开朗。

这个世界上，还有什么比死更难以承受的呢？你活着，世界在你脚下，只要你愿意，万物生长在心里。

后来女人回到了城市，她再也不愿意去酒桌上敷衍寒暄，也不再每天浓妆艳抹与别人比美。

她的生活变得非常简单，养花、写字、旅行、阅读。

有一次她旅行回来，一个挺着大肚子的女人出现在她面前。

大肚子女人洋洋得意地说："恭喜你如愿以偿。"

女人不懂什么意思，只是目视着对方。

大肚子女人说："因为那天你与我大吵之后，我真的爱上了你的老公，我觉得他的女人不疼他、爱他、照顾她，反而每天只知道折磨他。现在我有了他的孩子，你可以离婚了。"

女人经历了病痛，早已看淡了一切，她微笑着对女孩说："离婚可以，只要他提出来了，我一定同意。"

可是他没有向她提出离婚，只是回来告诉她，自己因为应酬喝醉酒，不小心犯了错误。

女人说："如果你真的喜欢她，就在一起吧。人活这一辈子，如果能够成全他人的幸福，也是一件极好的事情。"

男人第一次眼睛带着光亮来看女人，他嘴巴颤抖着说："你真的能够接受这一切吗？"

女人摸了摸自己的肚子说："我想，我可以承受这一切吧。毕竟我只是没有了子宫和即将失去一个男人，但是我还拥有生命，我活一天就是幸福的。其他的快乐，有，我珍惜，没有，我也不再强求。"

女人就这么离婚了，她又一次去山顶傻傻地站着，可是每次看着几十层高楼在自己眼睛里小得像一个个模型时，她就会觉得一切都不值得那么痛苦。

若干年后，我们都会成为宇宙里一粒不被历史记忆的沙尘，我们何必要把做人的这段经历活得那么痛苦。人人都知道，生命一直在做减法，活一天，少一天，每一天都应该用来做自己认为有意义、有价值的事情。

而我相信，任何人对价值的衡量一定不是与谁争吵、去诋毁谁、去伤害谁。既然我们都心怀梦想，为什么非要以种种借口放弃？不要相信，实现不了的梦想，还有下辈子去实现。如果人世有轮回，今生你是否实现了前生的梦想？如果没有，就不要再自欺欺人，不要辜负韶华。岁月匆匆，时间总是在我们吃饭、睡觉、闲聊中翻页。几十年后，我们要告别生命，那个时候的我们，应该就像站在山顶的人，不仅要坦然面对曾经的路，也要洒脱对待未及的幸福。

不要在意他们是否真的懂你

人最大的悲哀是，别人觉得他长得丑，自己就认为这辈子只能打光棍，后来他如别人所愿了。

有些人以貌取人，瞧不起你的相貌，或者看不上你的穿着打扮。

几年前我薪水很低，上班时穿的衣服都是地摊货。有同事说话时常夹枪带棒，半是安慰，半是同情，觉得我这辈子都葬送在苦海了，因为我嫁给了一个不如她丈夫有钱的男人。

可悲的是亲人也因为我薪水低，养活不了自己，对我说三道四，甚至嫌弃我不够孝顺。

写作的确不是能赚钱的工作，因此我不得不一边带孩子，一边创作，还要教 6 个写作班的课。偶尔还要带着孩子奔赴其他城市参加读者见面会，几乎很少有时间休息。有的时候我很佩服自己对文学的执着，即便周遭都是质疑与反对的声音，我仍然硬着头皮坚持。

我一直像电影《阿甘正传》里的阿甘一样，凭借单纯的信念坚持，隐忍，努力。功夫不负苦心人。第二本书《做自己的豪门》出版 4 个月后，我便又签下了第三本书《你配得上更好的幸福》。

幸福是什么？幸福不只是拥有乐观、积极的心态，更要有朝着幸福努力的恒心与动力。

父亲一直怪我没有能力请他与母亲旅行。当时我在国企，月薪2000元左右，还要养活孩子，有的时候连续3个月不发工资，因此我真的没有办法让他们对我满意。

因为不看好我写书，不看好我能改变命运，不看好我离开国企能活下来，一家人没人愿意帮我照顾孩子，我出去谈事情经常让孩子坐在身边。

我一度绝望过，但是我没有质疑自己，因为我明白许多人看到的我是那个相貌一般，没有高学历，也没有显赫背景的我，他们觉得国企是我唯一的救命稻草，离开了那里，我只有死路一条。

然而事实上，尽管独立奋斗困难重重，但是我做到了。当许多人坐在高档餐厅侃侃而谈的时候，我可能在家里照顾孩子；当许多人坐在电视机前看综艺节目的时候，我可能在为写作班授课；当许多人在忙着过各种节日的时候，我在努力给自己充电。

我在网上授课的第三年，去武汉为新书做宣传的时候，带上了我的母亲。那是我第一次陪老人出远门，我必须让她吃好、住好，于是我安排母亲与孩子住进了五星级酒店。

母亲住得很舒服，跟父亲在电话里不停夸武汉人热情，夸读者对她照顾细致，有修养，夸我们的房间大。

在北京召开读者见面会时，我带上了婆婆与孩子，又邀请来了父亲与母亲，对于我来说，最开心的便是陪他们一起在长城上合影留念。

一天夜里我打开手机转账记录，翻看信息，发现我的月收入已经过万了，之前先生因为我没有办法帮他分担家庭负担，偶尔会质疑我，可就在这种质疑与压力下，我现在已经能自己养活孩子、担负家庭开销了。

自从身边的人从经济上得到了实惠后，他们开始变脸说话了，过去的嘲笑居然不承认说过，或者又转了话锋说，不支持我写作仅仅是觉得我累。

我即将出版自己的第三本书，同时，我也从之前在写作班担任授课老师，到自己做网络授课老师，前后为1000多名学员授课。

从月薪2000元到月薪10000多元，这期间我度过了多少个只有4小时睡眠的日夜，只有我最清楚。

风雨过后，会有彩虹，那些质疑你的人，会因你表面的落魄嫌弃你，也会因你表面的光鲜而喜欢你，但无论别人怎么看，我们始终要记住，我们需要的不是他们的理解、支持，而是自己的坚定信念与勇往直前的勇气。

我只爱过你一个人

一位特别要好的女性朋友给我讲了一个故事。

那时，她还不懂爱情是什么，因为漂亮，很小就有人追求她。我的这位朋友喜欢写些风花雪月的文章，并随手发表在 QQ 空间日志中，她把每个喜欢她的、她喜欢的男人都以类似爱情的姿态记录了下来。她觉得这样，回首青春才觉得充实、无悔。

平日她喜欢在网络乱逛，混入某个圈子。有一次，她误打误撞进了一个网络电台，然后就毛遂自荐做起了节目策划。她把自己与一个男人的故事写到了文案中，节目播出之后引来很多听众的热议。电台一位男主播也因此对她产生好感，毕竟有故事的女人很迷人。男主播主动要了她的联系方式，他们一聊才知道竟然是老乡。男人本职是省电视台主持人，电台主播是业余爱好。

他们开始在网上聊天，互相表达好感，准备见面。女人也认为自己找到了一个可以托付终身的男人，于是她决定删除 QQ 空间 300 篇日志，以一个新姿态开始新生活。

为了对男人坦诚，她把删除日志的事情交给了男人，并嘱咐他一定要一篇一篇地删。

第二天一早，女人看到干干净净的 QQ 空间很是开心。于是她打电话给男人，没想到男人还在睡觉。她问："你怎么还不去上班？"男人说："昨晚删你的日志，看了 300 篇，删了 300 篇，在补觉。"女人很是感动地挂了电话让对方休息。

下班后，按照惯例男人会打电话叮嘱女人吃饭，可那天男人的电话迟迟没有来，女人按捺不住，主动发短信问候他。原本打算回城见面，确定恋爱关系的两个人，此时却发生了状况。男人不回复女人的短信，女人不知为何，只能继续发。最后，男人鼓足勇气给女人发了一条短信："亲爱的，咱俩可能不太合适。"

女人不知道为什么原本两情相悦的人，现在忽然说不合适，猜测是不是因为他看到了她的相片，觉得她不够漂亮，身材不够好，还是他嫌弃自己贫寒的家境，拿不出手的学历……她猜测了种种可能性，却始终没有勇气去问原因。

后来他们成了普通网友。

多年以后，女人与一个闺蜜聊天。闺蜜边喝咖啡边气愤地抱怨自己被甩的事情。

"都说 21 世纪了，人们思想是开放的，为什么他总逼问我谈过几个男朋友，牵过几次手……"

此时已经为人妻的女人说："你傻呀，为什么不告诉他，你只爱过他一个人。"

闺蜜一口气将杯子里的咖啡喝完，说："我以为说多，他会觉得我有魅力。"

女人开始说教自己的朋友："傻女人，你谈过的恋爱为什么要告诉他呀？你床上有过谁，为什么要告诉他？你以为你让一个男人知道有多少人喜欢过你，追求过你，他就会更加珍惜你？你以为你沾沾自喜地告诉他你谈过多少次恋爱，他就会觉得你多受男人青睐？如果你真的了解男人，应该知道，男人最喜欢听的话是：我只爱过你一个人。"

女人说完这些话，忽然就想到了多年前的自己。那时的她跟现在对面坐着的闺蜜一样傻，她故意让那个男主播去删除自己的日志，潜意识也是想让对方看看自己的魅力有多大，可换来的是什么？是对方望而却步，扭头便走。

若他问你："亲爱的，你谈过几次恋爱？"作为女人你必须微笑着告诉他："我谈过几次不重要，重要的是，我现在和以后爱的人只有你。"

为什么我们一定要这样说？

因为你曾经的那份爱已经留在过去了，确切地说当下的你，已经与过去那个人无关。

当你确定此刻是幸福的，当你想跟现在的人走完一生，你时时刻刻要明白，过去的终究过去了，你的心里只有他一人，现在是，未来也是。

有多少正处在幸福中的人，把爱情丢在了过去的路上，不觉得可惜吗？可为什么偏偏做不到忘怀？

女人更喜欢打破砂锅问到底，问对方谈了几个女朋友，牵手几次，送过什么礼物，吃过哪家饭馆……之后再哭着说："好呀，你那么爱她，竟然给她送礼物，为什么我没有？"男人说："别哭了，那只是过去，你拥有我的现在，还有将来，我会给你幸福。"女人很倔强地说："不行，为什么你早没有认识我？为什么你没有把初恋给我……"

一段美好的爱情，就在你的无限纠结中夭折了，回头去想有意义吗？如果你希望成为一个人的永恒，最起码要能珍惜现在吧。现在都马上失去了，还能有将来吗？

像蝴蝶一样美丽

所有的小生物里，我最喜欢空灵、飘逸又象征着幸福美好的蝴蝶。

儿时在乡间小路上，总是能看到颜色各异的蝴蝶。有的时候，我们会跑着去抓，但通常都一无所获。

有一次我终于抓住了一只，把它装进瓶子里，带回家。

我以为，我把蝴蝶关在瓶子里，它就不会飞走，不会离开我了。可事实上，第二天起床一看，我就哇哇大哭了，因为那只色彩斑斓的蝴蝶竟然一动不动——它死掉了。

我跑去学校问老师，如何才能让蝴蝶不死呢？老师说，用眼睛看。

那个时候，我觉得蝴蝶太脆弱了，碰不得，索性再也不喜欢它了。

长大后，我无意间听别人说，蝴蝶是毛毛虫蜕变的，我觉得很惊讶，怎么可能？我最怕的小生物就是毛毛虫，只要它蠕动起来，我会吓得满地乱跑，可这么多年我竟然不知道那么美丽、那么漂亮的蝴蝶是毛毛虫蜕变而来的。

我进城读书的时候，只有十二岁，土得掉渣的乡下妹子，学习成绩差，脸上还有一片高原红，同学与老师都不喜欢我。

现在回忆起来，那时候的我呀，像极了毛毛虫。

从什么时候起，我觉得自己在蜕变呢？

慢慢看到梦想泛出来的蓝光，我感觉自己终于成熟，稳重，做事有分寸了许多，终于不用苛待自己，我才感觉到原来我也可以成为一只会飞的蝴蝶，拥有美丽的翅膀，与姹紫嫣红的鲜花为伍，在美景中畅游。

一只蝴蝶的蜕变容易吗？或许没有我蜕变所需的时间长，但都要经历风霜。哪里有天生就能飞翔的翅膀，都是在逆境中跌落，起航，折断，再跌落，再起航，才慢慢飞向高空，飞向远方。

如果现在让我选择一种喜欢的生物，我还是会选择蝴蝶，因为它虽然看起来很小，很轻盈，但是它所拥有的美丽，是从一只毛毛虫开始积聚的。

上小学的时候，我们学过一篇课文《丑小鸭》，最初的丑小鸭因为丑没有朋友，可后来它慢慢长成了白天鹅，最后它飞走了。老师并没有为我们深刻地解读这篇文章，但是我觉得丑小鸭能变成白天鹅，应该不只是它有美的基因，或许因为它最终也掌握了飞翔的本领。

任何人都不能因为外在的平凡，而忽视了内心的光彩夺目。

或许在外人眼里，你就是那只丑小鸭，就是那只毛毛虫，可你不努力一把，怎么会知道自己不是白天鹅、不是蝴蝶呢？

说到底，我们还是要坚信自己的能力，并给自己蜕变的机会。

第三辑　你的努力自带光芒

女人为什么要努力

电视剧看了一半，我便痛哭流涕，因为自己像极了马伊琍饰演的罗子君。

两年前，我开始冷静思考女人受到的不公平待遇。

男人经济条件稍微好些，即便请得起保姆，也愿把老婆变成保姆。有多少男人愿意自己的老婆去职场与男人厮杀？他们结婚后总不忘说：我养你！

他们觉得这样能给女人爱的保障，但事实上，人们对爱的需求一直在发生变化。

一个家庭主妇一旦遇到了强有力的"小三"，老公被"抢走"的时候，意味着自己很有可能同时失去两个男人与一份事业——丈夫、儿子与家庭。

对于女人来说，家是毕生的事业；对于男人来说，家是累了时，回来休息、疗伤的港湾。

女人天生具有奉献精神，这是女性的光辉之处。可女人一旦离婚，没有经济收入，在争夺孩子的抚养权上，打起官司来，没有那么多胜算。

电视剧里的罗子君，近乎一夜间看穿了人性的复杂、贪婪与自私。

她怎么会知道，最爱她的那个男人，有一天不接她的电话，并委托律师与她谈，告诉她你没有能力抚养孩子，孩子只有跟着我，才能拥有良好的教育和美好的生活，你要做出让步与牺牲，这也能体现出母爱的伟大？

多么荒唐的理由啊！自己背叛家庭，还在威胁让女人妥协。

一个女人从生孩子到陪伴孩子长大，中间经历的曲曲折折有多少男人知道呢？当没有了情感交集的时候，男女之间就变成了竞争对手。

人性，有多伟大，就有多丑陋与邪恶。

当你看透了这些，对于任何人，你都不会爱得痴狂，更不会恨得入骨。

你存在必然要有生存能力，只有拥有坚固的盾牌，才能保护你的亲人，你爱的人。

输掉婚姻的两个人，到最后大部分都如同陌生人之间谈交易，而不是夫妻之间谈交情……

为了能得到儿子的抚养权，这段早已枯竭的婚姻硬是拖了一年之久才结束。我们每天都需要奋斗，使自己强大，因为你有了足够的能力给他好的生活，才可能在未来的生活中陪伴他成长。

一个细节就够了

她前后经历过三场恋爱。前两场都很短暂，只有第三场一直在谈。

在朋友圈子里，她是比较优秀又善良的女人，无论与谁相处，都设身处地为他人着想，但是在恋爱里，善良并不一定是最大的优点。

她说记得第一次拿到两千元薪水，想送男朋友一双运动鞋。她在专卖店挑选了半天，最后选了自己最喜欢的一双，带回公司，送给了对方。

她原本以为那个男孩会微笑着说一句"谢谢你，有你真好"，但是他没有这么说，他说的是："怎么这么丑？"

第二天，她发现办公室小张穿着自己昨天买的鞋子。小张与她的男朋友租住在一起，男朋友没有穿那双鞋，但是小张觉得好看，于是男朋友将她送的鞋子卖给了小张，接着他沾沾自喜地跑过来说，要拿卖掉鞋子的钱，请她吃饭。

再后来他们还是会出现类似的她一味付出、他并不在意的情况，久而久之，她累了，就放弃了。

大概两年后，她认识了新男友。那天她第一次下厨做饭，为他炒了一盘土豆丝，他吃得很干净，她以为这就是对的那个人，是可以一起搭伙生活的人。

她喜欢凡事做到极致，给男友买礼物也从不含糊。在她心里，心爱的人多么高贵，就意味着自己多么有品位，所以她赚到了钱，就喜欢为对方买名牌手表、高档背包，或者花几千元买一件皮衣。

记得有次她实在看不下去对方每天重复穿着的衣服，于是就拉他去逛街。可是他不喜欢逛街，也不喜欢买贵的衣服，于是她就说，你只负责看，我负责掏钱。

她以为山村里出来的男人，应该是很懂珍惜的，但事实上，他并不领情，他没有让她买什么，只是转了一圈就走了。

他走后，她回到店里，把他很喜欢的那件皮衣买了回去。结果他臭骂了她一顿，好几天都不搭理她。

他说："你这么会花钱，谁还敢娶你回家？"

她愿意努力赚钱，为家人投资，为爱人投资，她认为这就是生活的意义所在。可是他并不这么认为，他把所有的钱都攒着去投资做事业。两个人后来也分手了。

她一直觉得自己很拜金，很没有计划，直到遇到了他。一次她拿到了一笔稿费，他也很喜欢写作，她想要鼓励他写下去，于是选了一款不错的笔记本电脑送给他，当作礼物。

她以为男人会骂她乱花钱，骂她不会过日子。可是他没有，他说电脑收到了，很好，谢谢你。

他们一起去给电脑装系统，配鼠标，一路上他像抱着一个宝贝似的将电脑抱在怀里。她说："我帮你拿一会儿吧。"

他摇了摇头，不同意。他说："你穿高跟鞋，万一摔倒了，电脑就摔坏了。"

她笑了一下，没有说话。

到了电脑专卖店，他开始看着装系统，配包，她在旁边注意观察他。他满心欢喜，像是得到了心爱之物。

之后他们一起去看电影，他坐下来以后，依旧像宝贝一样抱着电脑，她说："累不累呀？放地上吧。"

他摇了摇头说："不行，这是你送给我的第一份礼物，我得看好了，万一丢了怎么办？"

那个时候她很开心，不知道为什么，她如此看重这个。的确，她觉得通过送别人礼物，能看出自己在对方心里的分量。

她变得不再乱花钱了，原因是她遇到了一个比她更会花钱的男人。他们在一起吃饭的时候，他非要点三四个菜。她说："两个菜就够了。"他说："不行，你本身就很忙，不注意饮食，难得我能看着你多吃一点。"

所以不自觉地，她学会去替一个男人节约，也开始规划生活。她发现，他变得很节约，他自己吃饭时可能吃盒饭，也可能只吃一碗面，但是跟她在一起时，他非常舍得花钱。

感情是非常微妙的东西，它会把相爱的两个人变成"土豪"，给对方花钱，都很大方，对待自己却很小气。

好的感情就是遇到了珍惜你，懂你的人，他把爱的机会留给了你，他把爱的精力也给了你。

你可以填补他心里的空缺，他也努力为你避风挡雨。

这是世间难能可贵的爱，或许一生只能遇见一次，人们将这样的感情称为真爱。

一项技能，是女人一生的保险

有的时候不太明白，女人在家里隔三岔五遭受家庭暴力，可就是不离婚。

有的女人没有经济能力与生存技能，只能等待丈夫扶养，如果遇到了爱赌博、打架，甚至有暴力倾向的丈夫，即使遭受家暴，而依然畏惧失去一段稳定的婚姻关系。

《我的前半生》中的凌玲说："一个巴掌拍不响，苍蝇不叮无缝蛋。俊生早就与你度日如年了。"

既然已经度日如年了，为什么还要度？

可以说，即便男人已经不爱你，只要你为他做饭，打扫卫生，他也不会离婚。

但是你得到心灵的抚慰了吗？他在乎过你的内心感受吗？

女人是用爱滋养的玫瑰，婚姻无爱，比无性更孤独。

有的人不明白，为什么要让女人掌握一项技能，即便生孩子，养孩子，也依旧保持着赚钱的能力。

吴京的微博下面，他在帮老婆的公众号作推广。谢楠是主持人，做了宝妈以后，大概因为好学，有上进心，又开始做育儿公众号。

女人有一项技能，老公在创业的时候，她可以掷地有声地说一句：老公你去奋斗吧，如果倾家荡产，我还可以赚泡面钱养着你跟孩子。

或许你的努力成就的不只是你自己，你还可以帮助老公度过最困难的阶段，让他勇攀梦想的高峰。

遗憾，也是圆满的一部分

你喜欢过一个人吗？喜欢过，如果需要你为他捐赠器官，你也会义无反顾，但很抱歉他不喜欢你，或者说他不能喜欢你。

晴晴姑娘很喜欢她的同桌，整整喜欢了三年，但是对方无动于衷，后来晴晴嫁给了一个很喜欢她的男人。

婚后的晴晴总觉得人生有遗憾，因为她认为这辈子差不多就定格了，而她渴望相爱的人，却与别人在一起。

如果说生命只有一遭，那么不能嫁给自己深爱的人，无疑是灾难式的遗憾。

事业可以拼命打拼，感情却不行，有的人命中注定不喜欢你，你付出一切，都换不来他的心。

许多年过去了，晴晴有女儿了，她又老了一些，遗憾在内心加重了分量。

有人说，想忘记一个人，最好的方法是再去看他一次。

晴晴带着女儿去见了他，此时的晴晴是一家企业的总裁，身价千万，她以为自己曾经仰慕的那个王子如今也事业有成。

但是，晴晴见到他的时候，他刚卸下外卖的行李包，蓬头垢面地擦着汗。

晴晴开始心疼他，却不知道怎么开口。

她捏着一张存有五十万元的银行卡，刚想给他，手机却响了。

这时她开始微笑着接电话，而他坐在旁边抽着烟，在逗自己的孩子玩。

晴晴挂了电话，他便委婉开口说："听说你现在成了总裁了，很了不起，以后要是有机会可以包养我，你看我现在混得多差呀。"

很显然，他说的包养是开玩笑的，但是晴晴很失落。她给了他那张银行卡说："你拿着吧，虽然你可能不知道，但是我是因为爱你，才努力让自己优秀的。"

他以为晴晴依旧爱自己，或者说，曾经晴晴也以为自己很爱他。特别是，当他给她发来暧昧信息时，晴晴发现时间真是残忍的家伙，它把一个风度翩翩、单纯、善良的少年，雕刻得面目全非，她爱的不是现在的他，而是多年前的那个少年。

从此以后，她的遗憾就成了心中的白月光，永远在那里，却再也无法实现，因为再也回不去了。

晴晴的女儿大了，该结婚了，他们又见面了，此时的她已经五十多岁，他们都有各自的家庭，聊着白发苍苍后的生活。晴晴发现，人生本不是完美无缺的，任何人的一生多少都会伴有遗憾，也正是拥有与失去、得到与渴望拼凑了人生。而遗憾也是一种圆满，这圆满就是我们走完了修行的路。

优秀的人更容易幸福吗

与一位朋友聊天，谈及优秀的时候他说："按说一个女孩那么优秀，是该拥有幸福的。"

我说："优秀的人就一定幸福吗？优秀的人只是比普通人多了获取幸福的机会，但是如果不弄清楚对方为什么选择你，该不幸，依旧不幸。"

身边优秀的女孩很多，其中一个女孩说："我这么优秀，一定会有人愿意珍惜我。"

其实，当你优秀的时候，能出现在你生命里的男人也不会太差。既然彼此都优秀，对方为什么偏偏爱你呢？

因为你不仅优秀，更重要的是你懂得恋爱，或者婚姻需要的不是对方的优秀特质，而是经营出来幸福生活。

难道就因为你优秀，所以他就要对你百依百顺吗？难道就因为你优秀，就可以对他大呼小叫吗？难道就因为你优秀，一切他都要听你的吗？

对不起，当你以优秀作为利剑去伤害那个欣赏你才貌的人时，其实你已经不优秀了。

倘若一个男人欣赏你的优秀，你也很爱他，就要去想，为什么他要选择我呢？

一个每天盯着国际名牌包包、衣服，从不想为他做一顿饭、洗一次衣服，不给他精神陪护，只要求他爱你的女人，他能爱多久呢？

成功的男人大部分都心累，他需要的是温柔、体贴、善解人意，能照顾他生活的女人，而你体贴他，又有自己的爱好，以及梦想，他闲暇之余也会给予你支持与帮助。更多的时候，他在精神上依赖你，同时也离不开你的柔情似水。

你的容貌，你的才华与他有多大关系呢？他开始无非好奇，感觉新鲜，可是时间久了，他要的是他自己舒坦，让他觉得舒适度高的恋爱与婚姻，才是他眼里的幸福，而你呢？

你觉得他将你宠溺，追捧上天，而你不去体贴他，爱他，久了他所有的承诺都会与他一起消散，他不是不爱你了，他只是累了，你的优秀成了他的负担，他宁可离开。

所以优秀的男人反而会被普通的女人打动，她们一开始就放低姿态，知道如何爱对方才能长久地相处下去。而优秀的女人大部分没有去思考，你的优秀对别人的作用是什么。

如果只是疲惫，那么你的优秀只是你自己的装饰品，与他没有任何关系。

真正的优秀不只是你有才华，你也要有修养，情商高，有品位，你要用善良、真诚，用付出去爱一个人。那个人开始欣赏你的才华，后来迷恋你的温柔，最终离不开你给他的幸福，这样的优秀多让人羡慕。

有的爱，只能祝他幸福

并非所有人，结婚后都能放得下过去的爱。

那时李磊对正在恋爱的锦心说："如果有一天，你感觉不到他爱你，记得回来，我娶你。"

锦心继续在那段感情里迷失、受伤、执迷不悟。直到他出国后，她才彻底死心。接着锦心花了一年多的时间疗伤，再回顾这些年的经历，发现原来最疼她、爱她的是那个一直默默守护她的李磊。

那时锦心暗恋李磊已经 3 年了，两个人在不同的城市读大学，李磊在看到锦心的信时回复了她，自己一直也喜欢锦心，只是因为锦心是自己妹妹的同学，所以他不知如何表白。

两个人成为恋人后，李磊坐车来看锦心，走的时候，他把身上带的零花钱都留给锦心。异地恋多半靠手机，只要她手机一停机，他就马上帮她交话费。

那时候年轻的锦心有些任性，有一次登录他的 QQ，发现上面有一个女人留言很是关心李磊，于是她回复了对方很多难听的话。

她后来又后悔，怕他知道了会伤心、难过，跟自己分手。可他并没有这样做，只是跟锦心说："以后别这样了，我知道你那样做是因为喜欢我，我只是把她当妹妹。"

　　那一夜，锦心对他说："我回来了，我们在一起吧，再过几年，我们就可以结婚了。"

　　可是他却说："对不起，我们不能在一起了，我错了，因为……我刚答应了做一个女人的男朋友，我得对她负责。"

　　他陪锦心在网上下围棋，一边下棋，一边聊天。天亮的时候，她发现他拼了一句话：I love you。

　　她不会拆散他们，只是从此在他的世界消失了，删除了他的一切，祝他幸福。

　　两年后，他给锦心打了一个电话，说自己大学毕业了，在锦心家附近工作，想一起吃饭。

　　这个时候，锦心已经订婚了。她问他："你打算跟她结婚吗？"

　　他说："可能会吧，你呢？"

　　锦心说："我已经订婚了。"

　　两个人各自结婚后，他们偶尔会打电话，但是他太太知道后非常生气，甚至为此与他吵架。他开始用 QQ 与她交流。

　　有一次她的 QQ 丢了，想登录他的号码，找自己的信息。锦心登录以后却发现，他的 QQ 只有她一个好友。

　　锦心在他的 QQ 上删除了自己的号码，又消失了。

　　两年后，锦心有孩子了，他也有了孩子。她过得并不幸福，他想离婚娶她，她撒谎说："你养不起我，我特别喜欢乱花钱，我拜金，我势力，现在的我，已经不是过去那个你喜欢的女人了。"

　　他继续安安稳稳地在小县城生活，她偶尔回去会想起他，只是她从来不去打扰他的生活。

有一天，他给锦心打来电话，她很好奇："不是说，她不让你存我电话号码吗？你怎么还有呀？"

他说："我没有存在手机里，我存在记忆里了。"

那个时候，她的孩子快 4 岁了，她即将离婚。然而他很幸福，她敷衍，寒暄了一会儿，就挂了电话。

她与他认识的时候才 9 岁，写信表白的时候 16 岁，开始恋爱的时候 17 岁，如今已经 28 岁。

她觉得很知足，没有一种爱情比做熟悉的陌生人更能保鲜。

她存了他 5 个电话号码，但是从来不打。她每年都会打听他的生活状态，听说他很好，她就安心了。

在她看来，爱不一定是互相拥有，也可以是祝他幸福。

在爱情里，比才华更重要的是修养

　　过去总以为足够优秀的人可以匹配世间最好的爱情，因此吴玮前半生几乎都在提升自己，真可谓琴棋书画样样精通。在周围人看来，她不仅成了事业上的女强人，也成了远近闻名的大才女。

　　但是这样优秀的姑娘，每次恋爱不到半年就无疾而终。朋友不知道为什么她的恋爱每次都以失败收场。

　　有一次她又开始恋爱，闺蜜雪儿就主动做了吴玮的军师。不处不知道，经过长期相处，雪儿发现吴玮有一点特别让人难以接受——高冷，而且她还是一个有矫情病的人。

　　之前我读过一本书《会撒娇的女人最好命》，起初我也不以为然，但读完整本书，我才发现有的时候原本可以用撒娇解决的问题，我们却用情绪解决了，有的时候可以用修养处理的问题，我们却用脾气处理了。如果对方是一个不够优秀的人，可能这种看起来表面化的大小姐脾气也能忍受，恰恰对方是有一定学识、修养的人，又很看重女人的家教与礼节，赚钱能力，精通琴棋书画，在爱情面前都不是最重要的。

从表面看，爱情似乎是一场赢在外貌与才华上的游戏，实际上，要把爱情这个游戏玩好，凭借的是一个人的大智慧，好修养，与人谈话的态度和技巧，以及遇到问题时的处理方式。

吴玮爱吃醋，又喜欢乱猜疑。有的时候男友正在外面应酬，她会展开夺命连环 call，直到男友回到家里。久而久之，一场幸福的恋爱像背负了千斤巨石的行走，沉重而失去意义。

闺蜜发现吴玮的问题后，及时将她约到咖啡馆，与她聊一个优秀的人如何成为一个会恋爱的人。

首先我们要知道恋爱中对方需要的样子是什么，只是会赚钱，有才华吗？

恋爱是相处学，只有能够愉快地相处，恋爱的质量才能提升。许多人在恋爱的过程中忽略了恋爱本身需要的样子，有的时候需要满足虚荣心，有的时候需要包容坏情绪，有的时候需要满足成就感。有虚荣心的人喜欢晒物质、晒幸福，有坏情绪的人喜欢掌控对方的一举一动，满足自己成就感的人可能只喜欢被追捧与宠爱，而大家恰好放弃了去询问爱情本身的需要。

互相理解、支持、倾听、鼓励，给彼此空间，信任，欣赏对方身上的闪光点，陪对方分担困难，帮助另一半渡过难关，如果现在要问爱情需要的样子，我觉得应该是这些吧。

只有真正理解了爱情需要的样子，才能在恋爱的时候摆正姿态，收起坏情绪、猜忌心，改变坏脾气，从一个表面完美的人，修炼成一个真正有舒适度的人。

生活中有许多女性，面对亲人、同事、朋友时都能做得很好，单单面对爱情，就不知道怎么办了。

我们发现，有的时候恋爱不一定需要花言巧语，更多的是志趣相投，互相迁就；不一定是糖衣炮弹，更多的是灵魂伴侣，相互牵挂；不一定是嘴上的九死一生，有可能是心里的无怨无悔。

爱一个人，就大大方方去爱吧。爱的同时也要学会自省与修炼，把自己身上平时看不到的自私、狭隘、无理取闹、放任自流这些恋爱杀伤武器及时处理掉，让自己真正内外兼修起来，这样优秀的人，才能拥有长久的幸福。

许多年后，吴玮成了一个情感畅销书作家。她想用自己多年的经验，告诉身边那些曾经与自己一样困惑的朋友，在爱情里，及时发现并改正问题，才能为爱情锦上添花，这样的爱，才能长久。

在玻璃瓶中装满风景与爱情的少年

　　丽江是一个文艺青年扎堆的地方。去丽江之前，新书创作刚画上句号，于是我想出去透透气。

　　小泉是我在丽江认识的最特别的艺术家，因为别人在画板上画画，他却在玻璃瓶里画画。

　　为了留存小泉的作品，我花了几百"大洋"请摄影师邹哥吃了一顿荤菜，之后就带着他到了七一街一个小门面，然后指着一个斯文的南方小青年说："对准他，拍吧！"

　　邹哥以为小泉欺负我了，准备捡起旁边的瓶子拍小泉，我说："错了！是让你拿相机拍他工作的样子。"

　　就这样，我把小泉的相片与小泉的作品都带回了古城西安，之后整理成故事，打算分享给自己的读者。

　　生活中，经常会有人说，香红我好羡慕你。这么多年颠沛流离，我早已忘记梦想为何物，我甚至都怀疑自己曾经有过梦想，只有留在家里的旧相片里有着当年风华正茂的自己。

是呀，那些风华正茂的美男子，如今都已经为人父，为了孩子的学费，妻子的名牌包，每天活在高脚杯与饭桌的碰撞声中，他们早已忘记了，最初的心，最真的梦。

喝酒时，他们可能会郁郁寡欢地对知己说："其实我过得不快乐，可是梦想这东西就像一个你很想追到的女人，你越想得到，她越离你远去。"

许多人一生为梦想付出的汗水，不及自己为金钱拼命的一半，他们觉得梦想带不来财富，也无法让他们飞黄腾达。

可偏偏就有一些人钟爱那些别人早已放弃，自己却默默坚守的梦想。

走进小泉的店，玻璃瓶中五颜六色的沙子被他做成洱海、拉市海、玉龙雪山，做成丽江古城，古城前面用黑色沙子做了一对相拥的恋人。小泉把自己的卡通形象也做进了瓶子，里面写着他对一个姑娘的爱。

偶遇他的店，被他的创意、心意，以及低头工作的姿态吸引。我称呼小泉是一个在玻璃瓶里装满风景与爱情的少年，因为他腼腆、白净，有着男生少有的纯粹。

他在绘制沙画时，你问他一幅多少钱，他基本不会回答你，因为他整个人已经彻底钻进了瓶子，如痴如醉地创作着。

我以为面容这样清秀的男生，一定是一个好命的梦想家，读大学到毕业，再选择自己喜欢的沙画钻研几年，然后开店。

可是坐下来与小泉攀谈才得知，很多光鲜的外表下，藏着的都是勇往直前的心。他说自己在大一那年去约旦旅行，无意间被沙画这门艺术吸引，于是他偷偷拍了视频，回家跟着视频自己练习。后来他不满足便去寻找更多类似的作品继续学习，他一边看，一边学，大学四年他所有的业余时间，几乎都是在努力地做这个让他一见钟情的事情。

2014 年，大学毕业的小泉以为可以带着他心爱的作品去偶遇喜欢它们的人，于是他几经辗转到了厦门鼓浪屿。可是到了这里他才发现门面贵得吓人，唯一能做的是拿着玻璃瓶蹲坐在鼓浪屿的街边认真地做不一样的风景，写不同的人名。这一年，他收入不高，过得还异常艰辛，因为他几乎每天都要与城管玩捉迷藏。

坚持到2015年，小泉又去了海南。这一次他用卖沙画赚的钱租了一个小摊位，每天早出晚归，赚一些零用钱。忙的时候，小泉说自己要做到子夜一点，他的沙画作品被很多年轻人当作爱情的见证、永恒的艺术品收藏。

时间可以替你安排好一切，小泉的执着打动了自己的父亲。2016年他终于在丽江七一街有了自己的第一家店，店铺不足20平方米，墙壁上挂满了他用心做的各种沙画瓶。风偶尔吹过，小瓶子会发出叮叮当当的响声，驻足的人听着这样美妙的音乐，都愿意多停留一会儿。

我对于小泉了解不多，可在这几日的观察中，从他的身上看到了许多追梦少年的影子。其实，没有谁的梦想一开始就一路绿灯，有时我们抱怨追梦的路太累，而不曾思考每天做自己并不喜欢的事情是否幸福。

这个世界上，不是所有人都懂得感恩

一个人让我知道了，这个世界上，有的人总以为你做什么事情都是应该的。在与这个人的相处中，我发现，你很难打动他，也很难与之成为朋友，无论你对他付出多少，在他心里，你做的一切都是应该的。

有机会接触到他的家人，我才发现问题的根源不在他，而在于他的家庭教育。在他的家庭里，有淳朴，自立，清高，还有应该。

这是一个非常贫穷的家庭，父亲是木匠，母亲在农村帮别人干农活。一天，这个吃苦耐劳的儿子带回来一个漂亮、乖巧的准儿媳妇。

女人看到他的家庭非常贫寒，没有要一分钱彩礼，义无反顾地嫁给了他，又在父母的资助下在城里买房子、装修。

每天风尘仆仆赶路的妻子有一次发现自己的电动车坏了，于是她想找人上门来修。可是省吃俭用的丈夫却看不惯她这种做法，他推着妻子的电动车下楼找了一个地摊花了不到十元钱搞定了。回到家他就开始指责妻子不会过日子。

倘若这个家只有他们两个人，他指责妻子，妻子也就不会抱怨了，可他却在母亲的面前指责妻子："你连一辆电动车都修不了，我娶你干啥？"

妻子是坐着轿车长大的，自从嫁给他以后，出门很少打出租车，其他女同事都开着轿车，而她春夏秋冬都是骑那辆电动车。

那些年，她以为一个富家女嫁给一个穷小子一定会被珍惜，最起码对方应该知道感恩，知道自己因为爱而不顾一切。

可是她发现，生活不是小说，不是电影，生活是活生生的现实，有时候甚至有些惨烈。她的丈夫从来没有觉得她是下嫁，也没有觉得她有什么地方值得被感恩。后来生了孩子，自己的父母一直都在给孩子买奶粉、买纸尿裤，可男人与其家里人并没有说过一句感谢的话。

修电动车成了他们这一次争吵的导火索。妻子非常生气地反问："当初我父母给你装修房子，买家具的时候，你怎么不问娶我回家做什么？我的父母给孩子买衣服、纸尿裤，你怎么不问我能做什么？我一边照顾孩子，一边把单位发来的补助金用来给家里买抽油烟机、餐桌，你怎么不问我能做什么？"

此时在客厅里的婆婆很气愤，她并没有息事宁人，而是扑进房间开始指责自己的儿媳妇："那是因为你们家条件好，你们家应该的！"

妻子从小生活在书香门第，很少遇到蛮横、不讲理的粗人，但是她的婚姻让她明白，并不是所有的人都懂得感恩，有的人你付出再多，他们都认为理所应当。

多年来，她一个人带孩子再辛苦，都没有听到丈夫说一句"你辛苦了，我帮你照顾一会儿"。

每天夜里，她要无数次醒来帮孩子盖被子。有一次她睡着了，孩子又踢被子，而他那天正好也回来了，半夜起床，看到孩子踢了被子，第二天醒来第一句话就指责她睡觉太死，儿子踢被子都不知道。

常年在外工作的他，回到家里，除了指责妻子冰箱清理不干净，抽油烟机擦得不够彻底，就是家里的地板太脏，孩子把东西搞得太乱。

他一个月回家两天，第一天带着自己的洁癖情绪，一边打扫卫生，一边指责妻子；第二天坐在客厅看电视，也不会帮妻子抱一会儿孩子。

在他的眼里，女人照顾孩子天经地义，男人只赚钱就好。

她越来越累，越累越失望。慢慢地，她觉得自己不再是个优雅知性的女人，而成了一个需要养活孩子，又要照顾家庭的女汉子。在这段婚姻里，她一直努力隐忍，她不再认为婚姻里最重要的是对方的相貌，对方的学历，而是一个人的思想。

一个人从小的家庭教育就像大树与土壤的关系，深深扎根的思想将影响他一生。

许多年后，他做了公司一个小领导，之后变本加厉。之前至少他回家愿意干活，而现在，他每天端着一副领导架子，每次接同事电话，对上级领导点头哈腰、微笑，对下级员工批评、指责、抱怨，这一切都让她觉得失望。

有的人受苦受难，学到的是欺软怕硬；有的人省吃俭用，学到的是一毛不拔；有的人一辈子自恃清高、假正经，从不服人……

一个真诚善良的人，一生会有许多朋友，也会有贵人相助。她的父亲就是这样的人，虽然父亲从小生长在农村，父亲十八岁那年她的爷爷就去世了，父亲外出打工养活一家老小。

父亲很勤快，他通过自己的努力，辛勤打拼。几年后，家里慢慢富裕起来，父亲对身边的人都非常热情、大方，在亲戚朋友眼里，他是有名的好人。

母亲是一名小学老师，从小告诉她一定要懂得滴水之恩，要涌泉相报。

父亲也会常对她说，人这一辈子，千万别总想着欠别人的人情，而是要多对别人付出。

她感激自己的家庭教育，让她树立了正确的人生观和价值观。她却对自己的婚姻感到失望，因为她发现不管你多么爱一个人，如果他是一块焐不热的石头，那么你的一生会非常辛苦。

这是一个读者跟我讲的故事。一次出差路过她所在的城市，与她和她的丈夫一起喝茶。言语间，她的丈夫一直在责怪妻子选择茶楼这种消费水平高的地方。在他看来，两个人谈话，完全可以去公园或者家里。

我试图与她的丈夫交流，发现他表面是一个好男人，省吃俭用，无其他恶习，可是他没有什么朋友，他甚至带家里人出去吃饭，都要等其他同事请客的时候。

我问那位读者："他薪水很低吗？"她说："还好吧，一个月七八千。""那他的钱呢？"她低头说："不知道，他总说攒着，怕父母生病。"

其实他不只是一个不懂得感恩的人，他也是一个没有生活情趣的人。在他眼里，生活就是"凑合"二字可以解决的，完全不需要享受。

读者的困惑让我也非常难过。我能做些什么呢？她已经是一个五岁孩子的母亲了。我唯一能做的，就是希望女人们在走进婚姻之前，懂得慎重。

因为，这个世界上，真的并不是所有人都懂得感恩，也并不是任何人都适合与你结婚。

永恒的陪伴是心灵

你有过一个永恒的朋友吗？读者这样问我。我想了又想，决定这样回答：有。是谁呢？是自己。读者笑了，觉得我在开玩笑，我很认真地回答：是自己，人的永恒的伴侣只有自己，父母只负责陪伴你的前半生，爱人陪伴你的后半生，而朋友只陪伴你一个时期，一段路。

大部分人都以为父母的陪伴是永恒的，当他们在我们身边的时候，我们无限索取爱与宽容，放纵伤害与不羁，每天都在向往长大，飞翔，之后聚少离多，开始牵挂。直到我们站在他们的坟头落泪时，醒悟姗姗来迟：原来，一切都太晚了，有的人只在你的前半生负责陪伴。

爱人此时可能已经站在你身边了。你心想，哦，还好。当骨肉分离的痛充斥我们，使我们无法支撑自己时，爱人至少能够抚慰我们的心灵；又或者是一位朋友。

父母提前离开我们，临走之前满满的依旧是对我们无限的牵挂。可爱人之爱却不同，有的爱会持久，有的爱像一杯热茶，放一放便凉了，凉了的茶，再散发不出那种味儿，干脆半路就分了。即便不分，谁能保证同年同月同日一起离世呢？所以，我们渴望亲情、爱情及友情，因为不同的情感会陪伴我们走过这孤独的一生。

忽而发现，父母会提前离开，爱人也会变得冷漠，朋友虽说不会轻易伤害你，可人山人海，有人相逢，有人陌路。

很早以前，我渴望成为一些人的朋友。那时我不够优秀，所以一直不能走近对方的世界。于是我开始努力给自己注入梦想与力量，使自己在这个世俗的世界拥有一席之地，后来我收获了友情，在收获友情的同时发现自己也在失去。那些与我有了心灵距离的朋友，慢慢与我疏离。

疲惫与孤独的时候，去翻微信里四千多位好友，想找一个人说一句我好累，抱抱我，却不知这句话适合说给谁听。有时想说，我走不动了，请牵着我一起走，却不敢说，不知道谁会心疼我，会真正关心我。

并不是我们不愿意把别人当作朋友，只是我们都知道，谁也无法从心灵上取代自己。

永恒的陪伴只有自己。悲痛时，他人的鼓励会激励我们；孤独时，他人会陪伴我们；难过时，有人会安慰我们。可真正让我们坚强的只有自己。

有一天你发现，原来一个人可以过得很好。一个人可以安静地去散步、吃饭、看电影，一个人可以看书、写作、发呆。你应该懂得，我们需要陪伴者，但不能依赖陪伴者。因为所有暂时存在的陪伴者，都有可能在某一时刻毫无理由、毫无征兆地离开，我们需要足够清醒，让自己有勇气承受孤独。

第四辑　愿你善待自己的幸福

做一个"刚刚好"的女孩

与朋友谈起厦门之行，对方问我是否满意，我思索两秒钟，颇有感触地说，厦门是我 28 年来，出行的第 19 个城市，也是最让我有恋爱感觉的城市。

说到恋爱，我马上会想到厦门鼓浪屿的海风、沙滩，还有岛上极具特色的欧式老建筑，除此之外，当然还有这里高出市区几倍价格的海鲜。

鼓浪屿的所有餐厅几乎都在卖海鲜，就好像西安回民街家家户户都卖羊肉泡馍一样。我迷恋这里温软的海风，壮阔的海景，然而我并不喜欢吃这里的天价海鲜。

来鼓浪屿是因为新书创作接近尾声，想来此采集素材。很显然鼓浪屿对我的盛情款待除了美景，便是令人吃厌的海鲜。

有的时候，我们想点一些符合口味的菜肴，却不得不向热情的老板推销的海鲜妥协。尽管同行者一再表示对海鲜过敏，老板依旧会觉得你应该尝尝。

美丽的海岛鼓浪屿就像一位你非常喜欢的姑娘，因为你爱她，就要为她的美貌买单，接受你接受不了的，包容你不想包容的，也似乎只有这样，你才配得上说爱她。

可为什么就不能做一个刚刚好的女孩呢？

前段时间网上疯传左先生与右先生的文章，我对此标题存有想法，但始终不曾打开内容阅读。当然我总觉得如今的女孩，大多在努力追求一份刚刚好的爱情。

与友人聊起业界一位非常优秀的美女，她每段爱情维持的时间都超不过三个月。朋友曾好奇地向与她分手的男友打听原因，对方说姑娘很善良，就是受家境影响，太拜金了。

有的人说，有钱人根本不怕女人花自己的钱，可是有钱人喜欢一个姑娘愿意为其花钱，但如果过度奢靡，也会让他觉得自己爱的是她的人，而她却只爱他的钱。

这正如我爱鼓浪屿的自然风光，而鼓浪屿却只爱我的人民币。

有些老板很热情，但大部分老板热情是希望照顾他的生意，为此普通用餐者两道菜可以吃饱的，他们努力推荐四道菜。

有的姑娘有了钱，不会积攒着去买书、学习、提升自己，而是与别人攀比消费，而且越买欲念越深。

相比厦门，我更喜欢丽江的深情，可以与餐馆老板谈心、交流，他们不会过多地推荐菜肴，也不会因为你的消费少而冷言冷语。

大概如此，我总觉得自己会爱上一个像丽江一样的姑娘，优秀，有才情，但是对金钱，对生活懂得适可而止，不会每天挖空心思只想赚钱，忘了自己的责任与生命的意义。

有的女孩很漂亮，身材很好，恋爱的时候也让人感到很舒服，可后来发现她特别喜欢"作"，约会迟到闹，忘记生日闹，说话不爱听闹，与异性多说一句话也要大吵大闹。也许你并不舍得分手，但她与那个刚刚好差了一点距离，因此你不得不感慨着摇头说，我们不合适。

与心爱的人合拍有那么难吗？无非就是因为你爱他，多改改身上那些懒惰、自私自利、计较、狭隘、虚荣的毛病，做一个刚刚好的女孩。而你的改变，很可能会让你遇到一个刚刚好的男孩。

每天都在对别人提"左右先生"，却忘了让自己努力达到刚刚好，如果这样，即便左右先生从你身边经过，而你因为不是那个刚刚好的女孩，也会因此错过一段本该属于你的爱情。

奋斗的人生才有底气

年轻时，我们羡慕那些背着名牌包、开着豪车的女人，因为她们拥有享受美好的能力。她们时而在迪拜帆船酒店拍照，时而在马尔代夫度假，看着她们的生活，想象自己何时可以丢下琐碎的生活，不再与菜市场的老大爷讨价还价。

改变命运很难，虽然我们经常告诉别人应该怎样做，但大部分女性能实现财务自由其实很不容易。

年轻的时候，我们不吃一点苦，不去学一些做饭之外的技能，年纪越老越发现，不只是丈夫将你当成厨娘，以后你也只是孩子与孙子的厨娘。

李锐的母亲，总是呵斥女儿成天像一个拼命三郎，不顾家，除了工作，最多只是陪陪孩子，十指不沾阳春水，一切家务都丢给保姆。在李锐的母亲看来，女人除了做好工作外，还应该打扫卫生，做饭，为丈夫、孩子洗衣服。

有一次，李锐提着水果去哥哥家里看望母亲，又听到嫂子批评母亲没有带好孩子，哥哥说母亲做的菜难吃。

母亲似乎习惯了这种被人批评的生活，不停地赔笑脸，帮他们做菜、端饭。

吃饭的时候，哥哥开始冷嘲热讽地说李锐，身为女人，每天只忙工作，不做饭，不带孩子，不是位称职的母亲和妻子。

李锐吃完饭，给母亲留下一些钱，接着电话出了门。

秋风很冷，李锐的脚步很坚定，因为她知道现在自己所走的每一步都是为了以后不要成为一个厨娘。

许多人都告诉女人，应该安分守己，应该把一辈子用来洗衣服、做饭。可是女人读大学，学习知识的时候，没有一个人告诉女人，今天所学习的一切，就是为了成为一个合格的家庭主妇，成为一个衣来伸手饭来张口的阔太太。

前段时间看《不可思议的妈妈》，畅销书作家王潇带着女儿参加节目，在她装扮成海盗王挡住女儿去路时，问了女儿一个问题："你长大了想做什么？"

孩子虽然被海盗模样的人吓坏了，却依然脱口而出："要成为妈妈那样的人！"

王潇被女儿的话震惊与感动到，她每天为公司事务、为写作忙碌，夜里才能陪孩子，却依然成了孩子的榜样。

人这一辈子，在孩子那里最想听到的话大概就是，像妈妈一样，或者像爸爸一样。

可是像妈妈什么呢？像妈妈一样每天呵斥爸爸赚不到钱，委屈了自己？像妈妈一样用一辈子忙碌家人吃穿，却因为没有经济来源，被看不起？像妈妈一样，看到好吃的，因为太贵而不舍得买？像妈妈一样，一辈子都去地摊买二十元一件的衣服？

多数时候，母亲们希望女儿是"听话"的，她们用一生的苦难经历告诉你如何做一个女人，如何像她们一样委曲求全、迁就、包容与妥协，甚至我们自己以为这一切"高尚"的妥协，一定是幸福的宗旨，我们循规蹈矩做了母亲，成了丈夫挑剔的妻子、儿女呵斥的母亲、孙子看到只会喊饿的奶奶。

想想自己确实功不可没，填饱了多少人的胃，可我们又有多大自我价值，多少成就感，多少骄傲与自豪呢？

老去后的苍凉与孤独只有自己能够感知，然而年轻时的浑浑噩噩谁又明白呢？

没有人愿意一生只伺候他人，且被呼之即来挥之即去，但那些陈旧迂腐的老思想旧道理，一不小心就让你活成了一个标签：某某的妻子，某某的母亲，某某的奶奶。

不！你还有一个绝版的标签：我是某某。

有许多青年，年轻时工作稳定，周末有吃有喝，有聚会，他们享受当下慢节奏的奋斗，快节奏的消费，却并不知道，人生真正应该快节奏的是把握拥有好记性、好精力、好状态的每一天，给自己定一个目标，学习一项技能，将这种能力发挥到极致，依靠自己的能力，拥有无可指摘的老年时代。

多数人都觉得应该广交朋友，却发现情到用时方恨薄，嘴上说为你可以上刀山下火海的人，往往在你需要帮忙时，消失得无影无踪。

真正能让你挺起胸膛做人的，不是某一个人，而是自己奋斗的人生。

女人越优秀，越高贵

自从认识 Z 以后，我明显发现自己无论对自身要求，还是思想格局上都有了一些提升。

Z 之前总是半开玩笑地说，不知道自己的优点在哪里，我也思考过这个问题，到底喜欢 Z 哪里呢？

杨澜说：好的爱情是互相成就。我深信不疑。自从认识 Z 以后，他像人生导师一样，先从形象、气质上对我提了要求，他说：你是公众人物，不能邋遢，对待我这样可以，不能这样对待读者，因为你的一言一行都有人在关注，你的一切都在被分享着。

我承认这些年结交了不少热爱文学的朋友，但是很少拿自己当公众人物。

我觉得这个责任太重了，担心自己承担不起来。我只敢承认自己是一个在文学圈里的拼命三郎。可无论如何，Z 说："身体第一。"

认识他不久，他推送给我一个运动小程序，我问："这个是做什么的？"

他说："每天坚持走 1 万步，我给你发 52 元红包。"

"是真的吗？我不信！"

于是我每天从对椅子恋恋不舍到饭后坚持走 1 万步，果然我每天都会收到 Z 发给我的红包，更重要的是每一个红包上都写着不同的"蜜语"。

我问 Z："你身材这么好，是怎么保持的？"他说，坚持好的生活习惯呀！"怎么坚持呢？我竟然做不到。"

有一次我上完课，哄骗 Z 陪我吃夜宵。他说："不开车，走着去。"我说："不行，必须开车，我累！"

Z 一把拖着我朝着波光粼粼的湖边行进，到了湖边我看到了烧烤摊，顿时馋了起来："哇，Z，你看那是什么？"

这时一向大方的 Z 紧紧握住钱包说："我没带钱，要吃自己买单。我说的不是为嘴巴买单，是你要学会为肥胖买单。"

他说话有时候真的很尖锐！特别是说到那句为肥胖买单的时候，我就不好意思了。毕竟时常久坐进行创作，身材最容易走样，自己又是"外貌协会"的，读者怎么会愿意与像面包一样的作者合影呢？

我不敢去想了，只能咽下口水，嘟着嘴巴，跟着 Z 继续向前走。

我是一个不喜欢给男人拍照的人。很少有谁能看到我对着他狂拍，当然，有的时候为了满足读者的需要，会帮他们拍喜欢的作家、偶像。

在我的手机里私藏了一些与 Z 的合影，还有他散步的背影。我不忍心删除，也不舍得分享。

他的身材保持得很好，最大的秘诀就是不吃夜宵。

有一次我因为创作陷入瓶颈，买了一包烟，刚想点燃一支，就被 Z 一把夺走。他说："你再抽烟，我就不亲你了。"

于是我真的戒掉了因为工作辛苦、生活压力太大而养成的这个习惯。

后来，我与Z又发生过多次小摩擦。

我偶尔喜欢调侃读者，特别是那种涉世不深的纯情小男生，有的时候觉得他们非常可爱、纯净，像极了自家小弟弟。

为此经常会被Z批评。他总是想不通，为什么我无法修炼成他心里的女神模样，为什么我就改不掉不着调的毛病？

为此我们经历了一场八天的冷战。这场冷战可把我憋坏了，毕竟我是一个今天生气，明天就忘得一干二净的人。

可是我一直认为自己没有错！明明是Z太容易嫉妒，太缺乏安全感了。

前不久我们参加一个活动，男士居多。这时我开始接受Z给我的建议——做一个矜持、端庄的女孩。要是人家喜欢你，肯定会主动搭讪；要是人家不喜欢你，你别卑微到尘埃里，被人看轻。

我发现Z教给我的这一招真的很管用。每天我起床第一件事情就是整理内务。Z对自己要求很高，他的行李箱打开跟部队的床铺一样，每次吃过午饭他都要洗脸、刷牙，这是多么好的习惯呀！

按照Z的要求，我梳洗得干干净净，穿得落落大方，再也不蓬头垢面，再也不乱七八糟地摆放东西，再也不因看到帅哥而失了分寸。

事实证明Z对了，那些我心里默默喜欢的小男神，后来都加了我微信。

Z是一个培养优雅女性的高手。他不仅培养了优秀的自己，在我苦不堪言、落魄不堪的阶段，他又将我塑造成了一个优雅的人。

我依旧活得有点儿任性，虽然Z比网络警察的监管都严，他随时注意着我的一举一动，并且以最警觉的状态给我提醒。

"我告诉你，我朋友是网络警察，你可别三更半夜去跟哪个小男神闲聊，我们可以搜出来。"

哈哈，我大笑一声，关掉手机，进入梦乡。

前几天悠然来看我，说我年轻了许多，是不是返老还童了。我要感谢化妆品，还是要感谢 Z 呢？总觉得容颜的年轻是护肤品给的，心态的良好是幸福给的。

好吧，我很幸福，所以我很年轻。也因为这一场遇见，让我脱胎换骨，发生改变。

你要爱上一个珍惜时间的人

我一直不知道，如何甄别人的好坏，因为很难一下子通过肉眼穿透人心。

有一个朋友对我说，恋爱的前三个月，都是在与对方的形象大使交谈，他可能把自己最好的一面呈现出来，因为这样足以吸引对方。

但是，表演总归要露出破绽，人们会爱上彼此扮演出来的那个人，但是恰巧是在爱上那个扮演出来的人时，却发现这个人真实的一面。

你以为他不会与其他人暧昧，但半年后你发现他在微信里称呼另一个女孩亲爱的；你以为他会一辈子为你做饭，但忽然有一天他再也不愿意进厨房了；你以为她很温柔，很善解人意，但到了谈婚论嫁的阶段却发现她没有主见，她喜欢听父母的，她与母亲口吻一致，要求你必须拿出巨额彩礼；你以为她非常信任你，但有一天你却发现她在看你手机里的信息；你以为你的妻子很善良，你如何爱你的父母，她也会如何爱你的父母……

我们爱错了吗？或许吧，但我们不一定真的爱错了人，我们只是选错了而已。

一个人倘若非常看重有质量的生活，在选择爱人的时候，就一定要观察他/她工作以外的时间用在了什么地方。有的人喜欢吃喝玩乐，小富即安，对于物质生活没有过高要求，对于内心世界，也从不审视，他们不一定懂得享受精神世界的秘密花园。

有一部分对生活质量要求高的人，并不喜欢单纯奢靡的生活，而是喜欢有品质的生活。这样的人不愿意花费许多时间去应酬，陪人逛街，不喜欢做在自己看来是浪费时间的工作，也并不愿意跟他人进行没有质量的交际。

有的人聚会聊许多有益的见解，让人受教；有的人吃半个小时饭，再抱怨三个小时自己的不如意。

你以为这只是一些人偶尔的生活状态，后来却发现，有许多看起来"成功"的人，把大部分时间用来吹捧成就与举杯欢庆。

他们活在一种靠打点关系谋取福利，或者谋职权的关系网中，这样的人并不一定有真才实干，他们享受这种虚空，喜欢被人称赞，喜欢有人听他夸夸其谈。

有的人不善于交际，并不是他们无趣，而是他们选择了用有限的生命去做更有意义的事。或许他的本职工作是软件工程师，但下班后他去学习了平面设计；或许他白天工作很累，晚上依然选择去游泳、去健身……

有的人把工作看作生活的全部，认为工作很辛苦，无须再花时间去学习，去进修，就把工作之外的时间用来享受与放松，比如旅行、吃喝、约人聚会、打麻将、唱歌……

他们有一万个让自己放松的理由，却并不愿意选择做一些保值的事。

什么是保值呢？三十岁拥有才华，五十岁拥有身价，这是保值。

所谓保值，不是你用一万小时定律（美国作家格拉德威尔在《异类》一书中指出：人们眼中的天才之所以卓越非凡，并非天资超人一等，而是付出了持续不断的努力。一万小时的锤炼是任何人从平凡变成世界级大师的必要条件。这就是一万小时定律）让自己原地踏步，而是你把一件事做了一万小时后，已经成为这个行业里的专家，或者你已经为这个行业培养了许多专家。

如何增值？一年前不会的工作，一年后学会了，这是增值；一年后学会的工作，五年后做得毫无起色，这就是贬值；一年后学会的工作，三年后已经形成产业链，并拥有了更多的机会与平台，甚至学习到更多的技能，这是增值。

当一个人懂得学习，必然会计算时间，当一个人懂得珍惜时间，怎么会花费时间每天与你纠缠生活中的琐碎小事？怎么会花时间去翻看你的手机信息？当一个人懂得珍惜时间，怎么会每天无所事事，打开购物软件等待抢购呢？当一个人懂得珍惜时间，怎么会愿意耗费时间随便去与人玩暧昧呢？

所以，当你觉得自己是一个看重精神世界，有更高追求的人时，对于一个人好坏的衡量不是他的学历、相貌、家庭背景，而是他的家教、修养与是否珍惜时间。

一个人倘若懂得规划生活，懂得学习，即便一开始很贫穷，也不用担心他会穷一辈子。一个人倘若每天浑浑噩噩，没有明确的生活目标与想法，虽然有一份稳定的工作，可能一辈子也不会有大的起色。

小时候我们村子有两个非常漂亮的女人，她们都嫁给了在当时看来条件非常优越的煤矿工人。据说那时矿工薪水很高，大家都说她们嫁得好。

可是二十年后，她们的丈夫似乎没有特别大的起色，日子越过越穷，而且还有一个在煤矿受了伤。

曾经我家里很穷，爷爷因为没有钱治病而去世了。

父亲高中毕业就去青海做了木匠，还因此被同学们取笑。

社会一直在变化，上帝从不会只眷顾一种人。

在我的记忆中，父亲是一个工程承包商，有看不完的专业书籍。

我们这个时代很好，可以在培训机构学习技能。但他从一个木匠到成为一个工程承包商，靠的全部是自学。

我读小学的时候，就时常看到父亲画图，即便家里停电，他也会点燃蜡烛画图。

父亲非常努力，也很珍惜时间。

过去在单位我有午睡的习惯，父亲建议我中午回到出租房，打扫卫生，晚上回来看看书，洗洗衣服，他说时间那么宝贵，他从来不在白天睡觉。

我父亲大概是这个世界上最珍惜时间的人了。

实际上，父亲就像一本非常励志的教科书，他用自己一生的行动让我模仿着进步，也模仿着成就自己。

我虽然成绩不好，但我明白自学也可以改变命运，所以我离开学校后坚持继续看书学习，我买了大量的写作教材进行阅读、抄写。

学习能够让我们成为一个思想丰富的人，我不愿意把时间花费在计较鸡毛蒜皮的生活琐碎中，也不愿意与喜欢计较的人相处，不喜欢陪着一个有选择困难症的人去逛街，不喜欢用太多的时间吃喝玩乐。

有的人长年旅行，觉得这就是人生，这就是生活。但有的人把旅行当作对生活的奖赏，他们只有工作累了的时候，才会给自己放假，让自己去散心，去放松。

我属于每个月都给自己放假的人，因为只有在旅行的时候我才会暂时不去思考接下来如何安排工作，只有在旅行时，我的大脑与我的键盘手才会休息。

生活中，有许多人很愿意化时间学习，我的学员里就有许多，他们有的经济并不宽裕，却愿意分期缴费；有的人工作繁忙，挤时间在夜里学习；有的人可能不舍得买衣服，不舍得去应酬，把钱用来报名写作课。他们可能原本在公司某个自己并不喜欢的部门工作，却因为喜欢写作，不断提升自己的能力而拥有了更多的机会。

有时我会想，如果我在国企工作一辈子，认为自己只能做保管员，只配开叉车发货，我会有机会去大学里为3000多名学生上课吗？我会有机会把自己的声音通过电波传递给读者吗？我能够实现在王府井书店开新书签售会的心愿吗？

做一个珍惜时间、喜欢学习的人，能够离梦想更近，离幸福更近，离有质量的生活更近，因为学习某些技能是在为自己的人生不断增值。如果说蜘蛛需要网而生，那么人需要学习技能来为自己织网，只有自己拥有过硬的本领，身边才不会缺乏各类优秀的朋友。一个人有了才能，有了优秀的朋友，才可能组建团队去实现梦想。

每个人每天只有24小时，你怎样使用它，就会拥有什么样的人生。

保姆，可能永远都不会替你去爱孩子

一个经济条件很优越的女人离婚的时候，哭得稀里哗啦，她说钱再多，也买不来丈夫对她的感情。

让我有些惊讶的是，她被离婚，孩子对父亲没有任何指责，也没有任何挽留。

后来我与她们母子见了一面，发现这个十多岁的男孩与母亲几乎没有话题，他们除了吃，不做任何交流，感觉很是陌生。

后来闲聊中我发现，她最喜欢说的，带有优越感的一句话就是：孩子从小就由保姆带，我一点儿都不累。

现在一些家庭经济条件很优越，父母将琐碎的事都交给了保姆，就连陪孩子睡觉，也交给老人或者保姆负责。

在与闺蜜、朋友聊天时，我有时会抱怨自己多累，多辛苦，而她们会非常得意地说自己多轻松。

我在她们的一脸轻松中，看到了情感的危机与缺失。她们不会知道，有母爱陪伴的孩子，是有归属感、有安全感、自信的。

保姆能给孩子的主要是温饱，而目光中温柔慈祥的爱与脸上慈爱的笑容，唯有父母才能给孩子。

孩子四岁之前，我几乎没有离开过他，尽管也找过保姆，但每天我都陪在他身边讲故事，做推拿，陪他入睡。我发现我的孩子很乐观、外向，与生人说话也不紧张。

更重要的是，有母爱陪伴的孩子很自信，也很有安全感。

我想有一天我老了，让他不远万里回来看望的，不是一份责任与义务，而是一份想念与不舍。

那些含辛茹苦养育孩子，却谩骂与践踏孩子尊严的父母永远都不会知道，自己家里的电话，为什么很少响起来，为什么孩子宁可对着视频里的直播网红发呆，也不愿意给父母打一个电话。

那些活在优越感里，轻松看着孩子长大的父母，又怎么会知道自己那个外表光鲜，内心无比孤独的孩子，曾多次想自杀，或者患有抑郁症。

如果这个世界上有一种神奇的药，能治百病，那一定是爱。人的内心只有住着爱，才能充满阳光与温暖，这样的人又怎么会容易生病？反而是那种长期内心空虚压抑却无处诉说的人，用各种不健康的生活方式，挥霍生命，自暴自弃。

所以，无论穷人还是富人，都不应该轻视陪伴的力量，不应该忽视一个孩子的成长过程。一个人未来的样子，在他童年时期就已注定了。

会说话，是一种艺术

会说话，不是会说漂亮话，不是会说恭维话，不是会说假话。

一个人问你生活怎么样，即便生活再不顺利，你都不用和盘托出，你只要说"我正在努力变得更好"就好。如果你喋喋不休地讲自己遭受的委屈，那你就入戏太深了，因为他人或许只是一种客套。

有人夸你长得好看，你可以说"我觉得还好"，又或者说一句"你比我更漂亮"，不需要去否定，说什么"我一点儿也不好看""我们同学都打击我说我丑""我家里人都嫌我不好看"——如果你这样否定自己，会让赞美你的人很尴尬，下不来台。

与一个明星朋友见面，你喜欢她，但不是盲目崇拜，不需要用一堆你不喜欢的明星来证明自己不追星，更不需要对朋友说："我只是喜欢你，没想过把你当明星"。

有的人很会说话，与之交流如沐春风，有的人说话经常伤人自尊，自己却浑然不知。

有一次与朋友在一起吃饭，偶遇他的朋友对他的身世刨根问底，并加以评论，让人很是尴尬。席间得知他们属同一系统，朋友是亲人的上级，因此朋友忽然在亲人面前拿出自己的"架子"，让人很不舒服。

多年前，我是一个没有朋友的人，身边的同学因为我成绩不好，不愿意与我来往。这几年身边朋友多了，但我依然觉得能说心里话的朋友很少。偶尔有一两个好友来往密切，但相处几次，发现能够深交的并不多，特别是遇到不会说话的朋友，我就非常忌讳介绍给第三个人认识了。

交朋友很有学问，有的人想尽办法与某些明星认识后，一起合影两三次，然后就向自己身边的人借钱，甚至行骗，说是某某人的朋友，那些人信以为真，被骗过几次才发现。

我很少主动靠近有头有脸的人，因为知道差距很大的时候，他们不会拿我当朋友，更多的时候，只是我们自己把自己当成了别人的朋友，但即便成了别人的朋友，也要在借着别人的名义说话、做事时，多替别人考虑。

我认识这么一个人，自从他和一位名人走近以后，出现了一个奇怪的现象，这个人逢人就要说那位公众人物几句坏话，揭露他一些底细，似乎只有通过这种方式，才能表达他们非同一般的关系。事实上，崇拜那个公众人物的人，在听到他朋友的这种"解说"后，往往都会质疑：他怎么会有这样的朋友？

其实公众人物交友也很慎重，他们不会与谁吃顿饭或者合影就说这个人是自己的朋友，因为他们不想惹祸上身：一是怕有人借用自己的名义做坏事；二是有的人本身素质太差，教养不高，谈吐举止根本不符合他的交友规范。所以一个人与另一个人的友情，除了身份对等，更重要的是教养相当。

那些说话处处得罪人的人，一般不会成为重要人物的朋友，即便是朋友，也不会把他介绍给别人，因为对方担忧的是，这样说话没有分寸，处事不经过大脑的人，会得罪多少人。

活得努力，才有机会活得有地位

读书的时候，因为成绩不好，老师与家长都不看好我，因为那个时代以成绩论英雄。很可惜，我不是学生时代的英雄。

我经常会思考，为什么学校不因我帮助某位同学打扫卫生而表扬我？我却要因为成绩不好而被同学嘲笑、看不起？

再后来步入婚姻，我发现新一轮的不尊重，不是针对成绩，而是针对薪水。记得我在月薪两千元的时候，几乎没有家庭地位，当我请求爱人照顾孩子时，接着你会听到：如果你一个月赚一万，也可以不用带孩子呀……

在家庭里，女人需要平等与尊重。当你以爱的名义去照顾一个人的衣食住行的时候，他认为你低他一等，就该照顾他。

再后来我发现，父母有一定的经济能力，说话会很强势。自己想离开国企去杂志社做编辑，他们一手遮天：不同意！

凭什么不同意？为什么不同意？就因为他们是父母，所以命运必须交给他们吗？

不，父母说，因为你是女孩，你应该选择稳定的生活，应该在单位等他们每个月给你发工资。

人生太短了，经不起耗费。如果我做的工作是我的梦想，那是有意义而充实的生活；如果我工作的目的仅仅是赚钱，那也只是过渡，等攒够第一笔财富，就该离开了，该去做点自己喜欢的事了。

那时杂志社主任对我很好，将我安排在靠窗的办公桌。我在窗明几净的写字楼格子间，每天喝着咖啡，看作者来稿，又趁着中午休息的时间自己写小说。

父母知道我离开国企去了杂志社后，很是愤怒，在房间的床沿边，我被母亲用家乡话骂了足足一个小时，不得已，我决定回国企继续工作。

然而，身在曹营心在汉，我并不喜欢那份工作。国企的那份工作并不适合我这类人，所以我毅然决然地离开了……

一个人的想法不被尊重，做起事来就会举步维艰。我创作第二本书《做自己的豪门》的时候，身边有嗷嗷待哺的孩子，白天要在网上兼职赚钱，晚上等他睡着了，一边为他盖被子，一边用手机写作。

所有人都在责怪我，都在指责我活该，活该不听家里人劝阻，而自己受累。

是的，我就是那个背负重重阻挠，活在活该里的人，然而我并不渴望得到身边人的支持与鼓励，只是希望拥有尊重与理解。

一个女孩要追梦太难了。

记得从非洲回国时积攒了十多万元，这些钱除了用来租房子，买电脑，还自费出了一本书。那个时候别人嘲笑我居然自费出书，后来这本书被多少人抢购，断货了。

爱人坐在家里说风凉话：还自费出书，如果是我，我宁可不出。

我们最终不是一条路上的人，我们爱自己的方式不同，我不会那么早给自己花五百块钱买化妆品，但是我舍得买给我的培训老师；我不舍得犒劳自己一顿美食，但是我舍得请朋友吃大餐；我不舍得花几百块钱买件衣服，但是我把一个月的生活费拿出来报了陈清贫老师的写作班……

前不久我去参加诗人凌晓晨老师的新书研讨会，研讨会上他的夫人捧着一束花，送给他，不管是环节需要，还是真情实感，我都被感动了。一个人喜欢文学，往往被烙上穷酸书生的标签，别人笑话你矫情、迂腐，这时如果爱人支持，便胜过千军万马的拥护。

一次一位做生意的朋友与我开玩笑。我坐在他的豪华轿车里，他说：香红写作不赚钱，写作有什么意思？你看我做生意每个月进账很多。

前不久他说请人吃饭，让我过去给他"撑面子"，我便去了。

因为我是"面子"，所以我也没有去倒酒，而他则无比殷勤。

所以我开玩笑回他，虽然写作不赚钱，但也不需要对谁低头哈腰，我凭本事吃饭，靠自己辛苦码字赚钱。

写作者没办法一下子让口袋鼓起来，但是作家这个标签，本身就让人很体面。

一个人需要花的钱并不多，多赚钱只是为了活得体面一点儿。如果文学作品写好了，多数人会认可与喜欢，吃穿之外你有世外桃源，有好友知己喝茶、赏月，你出门受人尊重，做事有人支持，这本身就是一种体面。

所以，嘲笑者有他的角度，被嘲笑者有他的快乐。

人最终为自己而活，只求活得踏实自在。当我拥有了体面，便意味着我有了发言权，作为一个北方农村女孩，我终于可以按照自己的方式活着，可以自己决定去做什么工作，与什么人交往，端起酒杯时，敬酒给喜欢的朋友，而不是为了生活而应酬。

女孩，脱贫比脱单更重要

　　小文和蔡亚是很要好的朋友。每次商场处理换季衣服时，小文都会给蔡亚打电话，希望对方陪自己去淘。蔡亚会陪着小文逛很久，但是她从来不买打折的衣服，因为她知道很多打折的衣服都有瑕疵，或者断码后才开始甩卖。

　　可是小文觉得影响不大，因为价钱便宜很多，所以她喜欢去淘这些打折处理的衣服。

　　蔡亚工作很累，但是她对生活不喜欢将就和凑合。

　　记得大学毕业那年，她和小文都拿到了一笔奖学金，小文用那笔钱买了一部苹果手机，而蔡亚却将钱存在了银行，分文未动。

　　大学毕业后，她们进了同一家公司，两个人每天形影不离。

　　公司组织培训，要求学员自己交付一部分学费作为担保，因为公司担心有的人学完就跳槽。

　　蔡亚果断拿出来自己上大学时存的那笔钱，可小文却觉得要自己花钱，就放弃了。

小文觉得蔡亚很傻，对她说："亲爱的，这笔钱你干吗不用来割双眼皮呢？你看你，如果割双眼皮，会比现在更漂亮。"

蔡亚却说："不，在我最穷的时候，除了生活费，其他的钱都要用来投资教育。"

小文捏着蔡亚的鼻子说："你大学四年难道不算投资吗？现在大学都毕业了，还乱花什么钱？我要是你，我就不去学习。"

蔡亚进修结束后去了人事部实习，工资没有提高，反而降了，而小文继续做公司的前台接待。

她们两个在一个公寓合租，每天一起看电视，一起睡觉。唯一不同的是，小文除了看电视就是忙着谈恋爱，而蔡亚除了看电视就是看书。

小文有了男朋友以后，隔三岔五出去约会，再后来她搬去了男友的公寓，两个人开启柴米油盐、生火做饭的生活。

蔡亚开始一个人生活，过去她喜欢和小文一起看家庭伦理剧，后来小文搬走了，她干脆不看电视，利用这段时间练瑜伽，只要看完书，她就开始练瑜伽，接着她又给自己报了游泳课，周末还要去健身。

每天蔡亚的生活排得满满当当，她几乎没时间谈恋爱，只想管理和提升自己。

两年后，25岁的小文痛哭流涕地拿着行李回到了蔡亚住的公寓，她们继续一起生活。

这时蔡亚已经成了人事部主管，工资比之前在办公室复印资料时高了近两倍，压力也大了不少，但是令她欣慰的是职位提升后，她与公司各部门主管、经理甚至副总都有了交流的机会。

有的聚会副总邀请她参加，通过聚会她又认识了不同公司的高管。

蔡亚决定去考MBA，这虽然与她现在从事的工作毫无关联。她的朋友推荐她去学习，并邀请她去别的公司工作。

蔡亚走之前参加了一个聚会，她带了小文一起参加。小文在聚会上留了很多人的名片。蔡亚以为小文要努力学习了，但是半年后她回来发现，小文又谈恋爱了。这一次是某公司一个高级主管。晚上他们打电话，经常发生争执，原因都是那个高管又和某个女孩关系暧昧了；为什么不接自己电话，是不是去干见不得人的勾当去了。

蔡亚觉得再这样下去，小文会年纪轻轻就加入怨妇的行列，她决定改变小文。

小文挂了电话，蔡亚便和她谈心，希望她把精力用在投资和提升自身方面，而不是过早地就去过老夫老妻的生活。

可小文却质疑地看着蔡亚，说她羡慕和嫉妒自己有这么多金的男朋友，甚至她冷嘲热讽地说蔡亚是因为找不到男朋友，才想拆散他们。

短短三年时间，蔡亚发现她和小文有了很大距离，她们思考问题的方向早已不同了。

蔡亚帮小文交了半年房租后搬离了公寓，自己在这座城市的核心地段按揭购买了一套两居室。蔡亚从这座城市的寄居者，成了这座城市的主人。

一年后，小文哭着打电话告诉蔡亚自己怀孕了，而那个高管调去了其他城市，她现在很迷茫，不知道怎么办。

见到小文，蔡亚既心疼，又气愤。她们大学四年形影不离，在这座陌生的城市，她们曾经亲如姐妹，她不管小文，谁管呢？

蔡亚陪小文去医院做了流产手术，又找了一个人每天为小文做饭，照顾她。

小文和蔡亚再一次生活到一起的时候，小文对蔡亚说，她发现自己错了。

蔡亚惊讶地问："什么错了？"

小文说："我不应在该提升自己的阶段忙着脱单，我曾经一直认为嫁给一个优秀的男人，一个爱我的男人，就可以改变命运。但是看到你，我明白了，如果真的要改变命运，只能靠自己。"

蔡亚抚摸着小文的头发说："亲爱的，你和我都来自农村，我们没有背景，而且这座城市有那么多漂亮的女孩，凭什么你就一定觉得我们靠脱单就能改变命运呢？

"在我们每天忙着谈恋爱，忙着煲电话粥的时候，这座有着 2000 万人口的城市，有多少人在拼命忙着维持生计。

"如果现在我们把大好的青春都花费在爱情上，我们还有多少时间去为自己的事业奋斗？难道你就甘愿一辈子买打折处理的衣服，一辈子只吃便宜的快餐，买促销的护肤品吗？亲爱的，难道你就真的没有想过买张机票去某个国家看看风景，吹吹海风吗？难道你就甘愿一辈子将就生活吗？"

小文终于理解了蔡亚的良苦用心。这时的她，开始潜心学习企宣文案创作，因为她终于知道了，比起脱单，更重要的是应该先让自己从大脑到口袋努力脱贫。

20 岁时，去做你该做的事

有人曾问我，你最想去的城市或国家是哪里？我不假思索地回答：我最想去的地方是大学校园。

这大概与我过早地步入社会有关。每次去大学做演讲，我都非常羡慕那些坐在教室里认真听课的学生。因为在社会这片大森林中生活太久，只有走进校园的片刻，我才会觉得杂乱无章的心瞬间平静了下来。这一刻，回归本真。

2017 年，我做了一回学生，去鲁迅文学院进修学习。能在这所 1950 年就已经创办的，具有几十年历史的文学院校学习，我激动不已。据记载，鲁迅文学院曾为我国培养出了多位优秀作家，其中包括蒋子龙、王安忆、莫言、张抗抗、刘震云、余华等。

开学第一天，老师与我们讲，来了以后好好感受这里的文化气息，这里除了定期邀请全国知名的评论家、作家、编剧前来授课，同时也是作家们心无杂念、潜心创作的栖息地。

通过学习我感受到了世界再大，最美的依旧是校园。在学校，我们的主要任务就是学习理论知识，有时会觉得课程单调、枯燥，但是抬头便能看到更加辛苦的人在给我们做创作指引，身边坐着能与我们交流的朋友，每天不用为生计奔波，安静的图书馆里，我们可以不受干扰地坐一天，不需要考虑是否要交房贷，不需要考虑家里的物业费、燃气费……

许多人把风景宜人、宽阔幽静的大学校园当成自己谈恋爱的场所，每天没有太多心思学习，不断纠结如何讨好女朋友，如何与男朋友斗智斗勇。

最近我看了一档综艺节目《爱情保卫战》。每次看到台上站着 20 岁出头满腹牢骚的年轻女孩和懵懂、青涩的大男孩，我便会眉头紧锁。

20 岁，多么意气风发、多么朝气蓬勃的青春年华，这是我们每个人最宝贵的黄金时代。这时的我们记忆力超群，精力充沛，可许多人却在最适合学习的这几年里忙碌又盲目地脱单，努力摆脱因大脑空白而形成的孤单、寂寞。

女孩抱怨男孩爱得不够热烈、不够认真，而男孩抱怨女孩脾气太大、太任性，两个人把恋爱谈成了一场持久战。似乎他们觉得只要恋爱谈成功了，人生就圆满了。

记得 21 岁那年，我刚开始工作，便偶遇了一个英俊、细心的大男孩，我很喜欢他，他也喜欢我。

我们恋爱关系确定 3 个月后，我决定去非洲安哥拉工作。那个时候他说，你别去了，以后结婚了我养你。

安哥拉非常贫穷，治安不好，但是那里可以给我不一样的生活体验，那里可以锻炼自己、让自己成长。他最终没有说服我。虽然那里工作很辛苦，但一年之中我在极度孤单与寂寥中潜心阅读与创作，写出了我第一部散文作品《苍凉了绿》。

回国后，他依旧在等着我，于是我们选择了结婚、生子。我以为婚后生活会非常美满、温馨，但并非如此。

　　两个人三观不合，目标与追求背道而驰，才发现等待是一个美好的词语，而婚姻是现实的一场修行。最终所谓爱情都是在生活中消磨，没有谁能几十年如一日让它保持新鲜与浪漫。

　　志同道合，至少可以让两个人多一些言语交流；而貌合神离，只会让两个人越走越远。此时我该庆幸，这么多年，我从不听信于那一句"别去了，我养你"。

　　没有谁能为你的人生始终负责，除了你自己。有些女孩在被宠爱的那几年肆无忌惮地消耗着自己的青春，荒废了自己的智慧，不去思考如何经营自己，不去增长才干，不去管理身材，直到有一天盲目而又胆怯地将自己嫁给一个人，在看起来平凡的生活中，浑噩度日。

　　谁不渴望活得光鲜亮丽、充实、精彩，可是当一些人拿着年轻的生命拼尽全力改变命运时，另一些人则过早地退化了自己的能力，与其说是在享受幸福，不如说是在提前消费自己的安全感。

　　有一些女孩，看起来不漂亮，但是 30 岁以后，活得无比自信，因为她们从一开始就在努力丰盈自己，形象不好，就去改变，气质不好，就去提升。

　　我们可以把家当舞台，努力营造温馨与浪漫的氛围，但我们始终不要忘记，青春是一样的，但是家的样子不一样，人生最后的路也不一样。

不要成为别人生命的差评师

最近遇到一件很有趣的事。

女孩瑞瑞、安妮和芬迪是好朋友。安妮应聘失败了之后，瑞瑞和芬迪都开始在背后嘲讽安妮太笨，学历太低等。

嘲讽完之后，瑞瑞打电话安慰安妮的时候，还不忘了把芬迪讽刺安妮的话说给安妮听。瑞瑞刚开始给安妮打电话的时候，安妮觉得瑞瑞对自己真好，她懂得安慰自己，还在芬迪嘲笑自己的时候去指责她。

可有趣的是，第二天芬迪打电话安慰安妮，又把瑞瑞背后嘲笑安妮的话说给了安妮听，接着讲了自己如何替安妮解围。

后来，安妮与瑞瑞、芬迪都不再来往，因为她们看起来很友好，实际上她们并没有真心拿自己当朋友。

安妮后来顺利找到了一份薪水不错的工作，而且也在工作之余遇到了新的朋友。有时候她们一起喝下午茶，几个女孩坐在一起，有两个女孩在讨论自己最近的学习情况，有两个女孩在评论娱乐圈某明星的演技、相貌、身材，后来话题又扯到了公司女同事的婚姻、家庭……

后来安妮发现，在这个世界上，有一种朋友喜欢做别人生命的差评师。他们从来不当众讲述自己的生活、烦恼，甚至遭遇，因为他们知道说出来，别人会嘲笑自己。他们平时听了别人的遭遇不是深表同情，而是暗地里嘲讽和挖苦，在他们看来，别人如果听了他们的故事，也会如此对待自己。

一位朋友最近经常跟我诉苦，她说孩子学习成绩不好，而且有点儿调皮，但是他很聪明，还喜欢做研究、搞小发明，可他的爸爸因为他学习成绩太差，总是对他进行挖苦和打击。

有一次，儿子听说爸爸快过生日了，于是和妈妈在一家手工蛋糕店亲自为爸爸做了一个蛋糕。他们欢天喜地提着蛋糕回家，准备给爸爸一个惊喜。没想到爸爸看到那个歪歪扭扭的蛋糕后，直接批评儿子，什么事都做不好，就连一个蛋糕也做得这么丑。

一位学员曾跟我说，小时候她很喜欢写文章，但是偏科严重，父亲就劝她退学在家里帮忙做家具。

后来她自学并参加了成人高考，想去杂志社面试编辑岗位，父亲却嘲讽她，小学都读不好，还去杂志社丢人。

类似故事不胜枚举。许多父母自以为自己一辈子只会种田务农，孩子也不会有多大出息。还有一些父母，孩子一旦说出自己的梦想，马上就质疑和打击。

有一个男孩，过去成绩很不好，母亲特别不看好他，为此他常常被毒打。那天他擦干眼泪，告诉自己这一次必须努力，于是经过三个月的刻苦学习，他考了全班第五名。当他拿着成绩单兴高采烈地回家后，母亲二话不说，又暴打了他一顿。他问母亲为什么，母亲说："别以为我不知道，你考第五名，肯定是抄别人的。以前你虽然成绩不好，可还算诚实，现在你都学会骗人了……"

许多父母从不鼓励孩子追求梦想。当孩子大学毕业想创业的时候，他们第一时间站出来告诉孩子做这些事情的风险；孩子长大谈恋爱的时候，他们马上站出来告诉孩子，对方家庭条件不好，家里人口太多，弟弟还在读书，父母年纪太大，还没有工作，女孩收入太低……

我喜欢写文章，也经常发朋友圈。有一些人特别喜欢评论。

有一次养了几条鱼，很多人发评论说，这些鱼看起来很活泼，很不错，有一个人马上留言说，别养鱼，很容易死的。

有时候我在朋友圈发些朋友做的工艺品，分享一些很动听的音乐，有的人很喜欢，他们会转走，但也有人会第一时间站出来说，做工太差了，这首歌某某唱得太难听了。

前几天我拍照了书房里的一束玫瑰花，花很娇艳，也有艺术感，发布在朋友圈后，很多人都很喜欢，依旧有那么一个人站出来说：看起来垂头丧气的，真不好看。

有人说心态决定命运，我特别相信这句话。生活中总有那么一些人喜欢提问题，找残缺，挑毛病，似乎把别人的东西贬得一文不值，自己就多么高雅，多么专业一样。

还有一些人喜欢评价别人，似乎把别人说得多笨，多无能，自己就有多成功，多优秀，多高尚一样。

有智慧的人，从来都不会和"差评师"做朋友，因为这种人眼睛里看不到事物美好的一面，对人也不够真诚。如果他的朋友遇到困难，他不是落井下石，就是得意忘形。所以请不要做"差评师"父母，也不要做"差评师"朋友，因为没有谁会真正珍惜这样的人。

第五辑　接纳不完美的自己

文学给了我第二次生命

我是从那个电脑还没有普及的时代开始学习书写的，一开始我写在纸上——在正面写完数学作业或语文作业的纸质粗糙的劣质作业本的反面写。

再后来日子好过了，作业本用不完，我可以用正面写作的时候却发现，在白白净净、有格子的纸上，我反而写不出来，于是我用干净的作文本去换同学用完了的作业本。

在粗糙的、泛黄的作业本上写起来让我有种书写的快感。

从读初中到参加工作数十年过去了，我的房间依旧堆放着那些没有被烧毁的作业本。

之所以说没有被烧毁，是因为在我离开学校参加工作以后，我曾经烧毁过读书期间在楼道微弱的灯光下写的六万多字的小说。

我最初写作的是小说，但那时总觉得情节写得过于平淡，好似记流水账。现在我开始教学生，才明白孩子写小说，如果不经过专业培训，是很难写好的，因为孩子的眼睛里没有矛盾，没有冲突，一切都是平的，顺时针的。

可好的小说是有难度的，有矛盾、有误会、有冲突的，这样才吸引人。

第一部烧毁的小说是《纯真年代》，写校园生活的；第二部没有写完就消失的小说是《雨中的忧伤》。

写第二部小说的时候，我上初三，白天经常要进行考试，做测验，晚上补完数学，开始在没联网的电脑上写作。

那时的我状态真好，年轻，太年轻，对于爱情竟没有一丝一毫的渴望，所有的精力除了用于学习，就是用于创作。

突然有一天，我的电脑死机，于是找了一个修电脑的技术工，他不闻不问就重装了电脑系统。我那时对电脑一窍不通，还不懂什么是装系统、格式化，只知道后来我的所有文字都消失不见了。

这件事情对我打击很大，再后来我对电脑缺乏信任，就选择了手写。

出版第一部作品的时候，所有的文稿都要一字一句录入到电脑上，很麻烦，也很浪费时间。于是我重新试着用电脑写作。

这几年我已经陆续出版了三本书，却发现自己已经与笔和纸告别了，我除了用手机写作，就是用电脑写作。然而笔和纸张的摩擦，才是书写最初的样子。

最初的样子，你还记得吗？

我只记得自己非常喜爱写作，从小就喜欢写作文。到了初中，有一次因为犯了错误，被班主任当众批评，我绝望极了。早操的铃声响起，同学们都离开了教室，我才一步一步地走出教室，朝着教学楼三楼走去。

那是学校最高的地方，跳下去，至少可以摔死。

冥冥之中，脑海里一个声音对我说，你不可以死，你还有梦想要去实现，你不能放下你的文学梦。

有时觉得自己是一个冰冷的人，因为从小与亲人聚少离多，对亲人没有依恋。

那一刻，我知道自己坚持活下来的勇气和信念是写作。

后来我便转学到了城市读书，却没有想到在原来学校受体罚的压抑，到了城市转而被同学嘲笑和老师漠视的痛苦取代。

于是我开始用文字来陪伴自己。文字是我的朋友，像闺蜜，倾听我整个少女时代所有的孤独和忧伤。

接着我发现，因为作文写得好，语文老师格外关注我，她喜欢和我讨论诗歌、作文，班级里成绩好的女孩知道我作文写得好，推荐我在网站榕树下进行写作。

那时盲目而没有章法，我却在这个文艺青年的聚集地找到了自己的归属感。这里每一个人的标签都是"文学爱好者"。

从这一刻起，没有人问你的学习成绩，没有人在意你出身农村还是城市，没有人在意你长得好看还是难看，或者有没有高原红。

在文学的世界里，人们只努力追求更有厚度、更有思想、更富有情感的文字，我们忽略对方的身份、年龄、地位，因而当我们钻进去的时候，会感觉到踏实和舒适。

阅读、书写几乎占据了我整个学生时代，在被人孤立、遗忘的时候，因为有文字的陪伴，这种孤独感不那么强烈，不那么痛苦。

如今我亦有了这样的体验，尘世间有太多争斗和纠葛，我选择离开群体，独居在家里书写、授课。因为远离纷争，不用把简单过成琐碎和纠结。

每个人的梦想和寄托都是不一样的，这与人的夙愿有一些关系。但我不得不说，与我走近的，能够心有灵犀的多数朋友，都是通过文字才遇见了一个心安与从容的自己。

临近 30 岁，我实现了所有梦想

一天《大众文化休闲》杂志总编向我发出邀请，希望能够与我合作，邀请我做这家杂志的执行主编，我欣然接受。

这是一份我主动放弃薪水的工作，因为能多推荐我的学员发表作品，我乐此不疲地为这份工作付出。

一个多月后，《北海文学》也向我发出邀请，我做了《北海文学》杂志副主编。

这份喜悦让我想到了多年前，我 23 岁那年，出版人生第一本书，虽然那时我的读者加在一起只有 200 多人，但随着书籍在全国新华书店、网上书店上架后，我的读者几乎一夜之间遍布全国。

紧接着《三秦都市报》以《80 末女孩沉香红，独闯非洲的"陕西三毛"》为题对我的追梦历程进行了采访报道，不久知名杂志《知音》也对我的故事进行了报道。

在此之前，我一直是亲戚朋友眼里不可救药的问题少女，我学习成绩不好，高中毕业就去打工，可两三年的历练让我看清楚了自己在社会上的现状，于是我又努力自学，参加了成人高考，走进西安文理学院进修学习。

我永远不会忘记在我翻开《中国古典文学》《外国文学》《写作》等书籍时自己对知识的贪婪和对阅读的渴望。

从初中起，我的语文成绩就格外突出。成人高考的语文成绩差3分接近满分。我一直引以为傲的就是我的写作能力。

高考失利后，我伤心难过、失落、悲伤。同时，我内心的文学梦总是不断地召唤我，我无法割舍这个从小就种在我内心的梦，于是我再一次提起了笔，背起了行囊，在我21岁的时候，读完了作家三毛的所有书籍，便去了遥远的非洲安哥拉。

这一年我与贫瘠、苦难为伴，与霍乱、疟疾为伴，竟然激发了我的创作欲望。白天我要开叉车，给车辆装卸工程货物，夜晚在皎洁的月光下，带着一份浓厚的思乡情，我将自己投掷到文字里。在这片纯净的海洋里，我可以自由呼吸，可以忘却烦恼。

文字成了我的精神支柱，我虔诚地膜拜，尽可能努力地让自己书写出鼓舞人心，直击灵魂的作品。

回国以后，我出版了《苍凉了绿》《做自己的豪门》《你配得上更好的幸福》这些通过行走和体悟积累成册的书。

小时候我们喜欢用一分耕耘一分收获来鼓励自己；长大后，我发现人们喜欢说：未来的你，一定会感谢现在努力的自己。

那个时候我特别想为自己写一本书《我曾认真年轻过》。是的，每个人都生活着，但有多少人活得刻骨铭心？有多少人会在凡世尘埃中留下脚印？大部分人只追求眼前的浮华和对未知明天的盲目憧憬。

谁又会明白，所有在恍恍惚惚中失去的今天，都是我们曾经期盼已久的未来。我们许多人没有认真对待自己的现在，期待明天又有什么意义？

当我因为高考成绩不理想，上了个不是很满意的大学，成天自暴自弃，在学校里虚度光阴的时候，我时常会问自己，人生就这样妥协，就这样向命运低头吗？那个时候，我每天在那些听不懂的数字堆里混日子，痛苦极了。最终我果断决定，重新参加成人高考，充分发挥我语文成绩好的优势，与文学相遇，通过另一种途径成长。

有人开玩笑说，我高考没有考好，原本是时代的弃婴，可是我没有放弃自己，所以我活了下来。

我对自己曾经的评价是：相貌一般，学历不高，身材不好。一开始我手里并没有一副好牌，但是当我坐进中央人民广播电台《品味书香》的直播间；当我坐在北京王府井书店的新书签售会现场；当我从逃离校园，到自信满满回归多所大学，去跟那些充满期待的目光交汇，分享这些年我所走过的路、看过的风景、积累的经验，我忽然发现，原来一个人只要愿意努力让自己提升和蜕变，就一定会与另一个自己相逢。

站在书桌前捧起曾倾入太多时光与孤寂才完成的那些作品，看到书橱里鲁迅文学院的结业证，所有曾经藏在心里不敢启齿的梦，就在今天，在我的生活里轻舞飞扬，与我相伴。

一天 Z 帮我在客厅清理鱼缸，我在拖地，忽然我的手机微信不断地发出嘀嘀的响声，我打开一看，许多读者说在中央电视台新闻频道看到了我。

Z 停下手头的工作，欢呼雀跃地对我说："亲爱的，你看！你上电视啦！"

多年前，我还是一个非常自卑的少女，上课我不敢站起来回答问题，久而久之老师也放弃了我，我觉得自己除了是一个善良的人，没有其他优点。

直到 23 岁那年，我的第一部作品出版不久后，一位读者向学校申请，希望我可以与大家分享我追求梦想的这段非洲旅程。

我以前特别喜欢军人，读书的时候总觉得如果有一天我可以嫁给军人多好。

记得那一天我还在家里为学员上课，忽然我的新浪微博响了，我自然地打开消息，消息是空军工程大学学委会的一名学生发来的，他邀请我去为硕士生和博士生讲一些励志的故事。

我刚看到这个消息时非常惊讶，也有一些迟疑，因为我不敢相信自己有这个能力去为研究生讲课。但是我始终记得父亲说过的话，当机会摆在你面前的时候一定要努力抓住，而不是主动放弃。小时候没有这样的机会，现在有了，我必须让自己不辜负别人的期望。

那是我前半生准备最久的一节课，我花了 3 个月，换了 6 套讲课方案，最终定下来了之后，又无数遍地练习如何讲解。

到了学校那一天，我依旧有一点儿紧张：500 多名着装严整的官兵气宇不凡地坐在观众席位上。

我在一开始的时候主动与大家分享了 2015 年诺贝尔文学奖得主阿列克谢耶维奇的一些作品，由此引出了我在非洲安哥拉这个战争结束不到 8 年的国家所经历的一切，后来我与在场的同学分享了我追求梦想的故事。那一天很多人被一个皮肤黝黑、开着叉车的 21 岁女孩的照片感动。那场演讲非常成功，也给了我坚持突破自己的勇气和信念。

接下来，我最后一个心愿也实现了——我进修了许多文学爱好者都渴望就读的鲁迅文学院。之后不久我收到了两家杂志社的任职邀请。感谢文学，让我从一个自卑、叛逆的问题少女，逆行成为励志女老师。

按照自己的意愿活一生

以前去大学讲课，我现场提问了几个同学：什么是你理解的幸福？

有一个女孩说：既可以朝九晚五，又可以浪迹天涯。

其实，这是许多人的理想生活。但是现实生活中许多朝九晚五的人，真的没有时间，或者没有经济能力去浪迹天涯。

有人说，生活不止眼前的苟且，还有诗和远方的田野。其实，现实中许多人的生活，真的只有眼前的苟且，没有诗和远方的田野。

如果一个人想获得幸福，可以多读一些调整心态的书籍。如果一个人想成功，就要多读一些企业家的传记。

生命中最可怕的事情是什么？是你和一个乞丐学习管理时间，和一个商人学习写作，和一个作家学习经商……

你想要什么你知道吗？如果你知道，那么你知道你想要的这些，应该和谁去学习吗？你喜欢读书，可是你知道不同的书籍传递不同的价值观吗？

如果你读到了适合你的书，你的人生就会柳暗花明，如果你读错了书，或许你会非常惘然，更加迷茫。

如果我们把亲人、朋友比作书，这些书籍记录了许多知识、经验、美好的事物、感情。你贪婪地聆听，认真地模仿，你以为你一定会非常成功、非常幸福，结果几年后你发现自己依旧活得一地鸡毛，你的生活并没有诗和远方的田野，为什么呢？

有的女人梦想成为一个被老公善待并扶养的家庭主妇。她们可能每天主要研究的是如何做菜，如何去买优惠的衣服，如何讨好丈夫以获得更多生活费，或者不让丈夫出轨，如何让孩子健康成长，给孩子报哪些特长班。她们的事业是家庭，家庭是她们的一切。

有的人比较功利，他们只交往能够给自己带来利益的朋友。他们在评判一个人的时候，首先思考和这个人交往自己能得到什么好处、能拥有什么福利。

有的人和你交流的时候会问你，你想要什么样的生活？你希望你自己以后成为什么样的人？这样的人，不会让你去复制他的生活，他们只会让你清楚，你适合什么样的生活，你应该去向谁学习。这样的人才是我们值得交往的朋友。

现在回忆起来，我能从"温水"里跳出来，真的需要莫大的勇气，特别是当我们已经被体制化，对社会产生恐惧的时候，能放弃"铁饭碗"，带有风险地把新兴职业作为谋生手段，真的是我冲动下的正确选择。

庆幸的是，我通过十年的不断积累、提升，最终让自己在这个行业有了存在感，有了方向和目标。

好的企业和人一样，让一个人看到希望，拥有安全感。曾经我总是迎着晚霞，骑着电动车，穿过车水马龙的城市街道，感觉这一天又耗尽了。可悲的似乎不是我知道今天结束了，而是我知道，明天依旧会用同样的方式过完。

有人说，还有什么比带着上坟的心情上班更痛苦的事呢？

我朋友的女儿在一家银行工作。听说这家银行的福利非常诱人，每年薪水也在十万元以上。可是最近她离开银行，去了国外留学。

我一听觉得这是好事，但是前提条件是，她要通过考试，拿到奖学金出去，这才是对辞职最大的奖励。

朋友诧异地问我："你也支持她去留学吗？"

中国人的思维比较固守，生活也比较传统。之前我在帮助一些影视公司对接外国演员时，认识不少留学生。让我诧异的是，许多留学生早已经在本国结婚生子，而且家庭非常幸福美满。

我好奇地问他们为何来中国留学。他们说为了拥有更好的工作，为了更好地生活。

很多女性结婚后，便很少有勇气出国留学，因此婚前那段时间是许多人提升和再次深造的最佳时期。

可是，我们知道，有许多人把一天的生活内容用了十年去重复，享受这种上班时间上网购物、玩手机游戏、聊天打发时间的生活。

如果说临近退休的人喜欢这样的生活，拿着薪水提前享受晚年，我们可以给予一些理解，然而令我担忧的是，吹着空调、拿着表格，日复一日做着小学三年级孩子都会做的工作的人，大部分都是名牌大学的毕业生。

许多父母从一开始规划孩子生活的时候，就把这种朝九晚五的生活定为了人生目标。他们觉得能够坐在格子间吹着空调、喝着茶，甚至追剧的生活，就是最幸福的。

可谁又知道，世事变幻莫测，时代一直在进步，人在不断地进化，文明在永不止步地前行，你真的认为安逸的生活就能一直持续下去吗？

我曾经工作过的地方，许多人拿着两千元的月薪，却开着宝马、奥迪。有时候公司三个月不发工资，这些人也不会担心和着急，因为她们有老公，有老爸。她们每天在公司赚到的钱，没有她们花出去的多。那她们为什么要上班呢？

为了打发时间呀，为了不在家里胡思乱想呀，为了让自己有一份事情可以做呀，总之，就是为了找一个人陪着她聊天、解闷。

后来公司改革，许多人被裁员，也有一些人被合并到其他公司，还有一些人从领导一瞬间成了普通职员。

好的公司，员工能够看到希望，有安全感，有归属感，这样的公司可以留住大把的人才。有的公司，领导缺乏管理才能，不是想着如何带领团队打拼，而是挑拨同事之间的关系，用各种理由克扣员工工资。当一个公司经营得一团糟的时候，员工会觉得在这里工作就像是在混吃等死，也不知道哪一天会混不下去，也不知道哪一天公司会倒闭。

人活得清醒的好处就是不会浪费口舌和不必要的人计较，也不会浪费太多的时间在没有把握的事情上。

但一些人缺少离开这种状态的勇气，特别是如果家里人把这种生活定义为幸福人生，那么离开这种生活，在家里人看来，就是把幸福像足球一样一脚踢开了。

可是很抱歉，我要的不是这样的稳定、踏实。这种月薪两千元的稳定，这种三个月不发工资的稳定，这种老板想尽办法克扣员工工资的稳定，是最大的危机。

我们做事情，要的不是眼前得到多少利益，而是这件事能带给我们多少希望，只有这样，我们才会奋不顾身地把这件事做到极致。

你所羡慕的那对恩爱夫妻，已经离婚了

一次受邀去朋友所在的城市做读者见面会，地点选在一家高档的茶舍，来了许多他平时相处较好的朋友。

朋友做教育投资，认识许多家长。听说我要来，他们提前一周做了推广、宣传，很幸运那天见到了许多曾经不相熟，却有过交流的朋友。

我们从最初的教育改革谈到了个人品牌提升，我们从如何谈恋爱、择偶谈到了如何经营婚姻。其中一女性朋友很是委屈地站起来说：老师，其实我非常羡慕李总，他和太太感情特别好，而且每年暑假都能看到他陪着太太、孩子去不同的地方旅行、度假。我们家那口子，怎么叫都叫不出去。

这位女性朋友所说的李总，就是坐在嘉宾席正在跟大家分享如何经营婚姻的我的那位朋友。

他与我在婚姻上最大的区别是：我离婚后，第一时间写了一篇文章对过去的生活做了一个简单的总结。因为我不希望遇到一些朋友的时候，被人随口问起"你老公是做什么的"之后，我很尴尬地回答：我离婚了。

于是我干脆直接交底，我现在单身，没有老公，所以没有人会再轻易问我这个话题。

我的朋友也是单身人士，但是他和太太为了不伤害孩子，一直住在同一屋檐之下，隔三岔五还会一起带着孩子出门旅行。

朋友说，没离婚之前总觉得妻子做什么事情都是应该的，也不会说一句感谢，甚至有时还会挑剔她做的不好。但是现在离婚了，两个人变得很客气，再也不会互相扯着嗓子骂了。

生活有许多种样子，每个人都会选择适合自己的姿态。他依旧会在公开场合告诉别人自己多幸福，妻子多好，但其实他们的婚姻已经死亡，只是为了孩子身心不受伤害，一直扮演着恩爱夫妻。

这位在众人面前拿着话筒诉苦，羡慕李总的女性朋友，倘若她知道了这对恩爱夫妻其实已经离婚多年，她会是什么感受呢？是继续羡慕别人的幸福，还是努力经营自己的婚姻？

前几天，闺蜜的母亲和她闹了一场，原因是她的弟弟结婚的时候，她随的份子钱太少。我问："随了多少？"她说："5000元。"

我又问："你一个月赚多少？"

她说："2000元。"

我惊呼："那也不少了呀，毕竟你现在已经结婚并待产，也需要用钱。"

闺蜜委屈地说："我二姨的儿子结婚，我表姐给她弟弟随了30000元份子钱。我妈现在心里不平衡，觉得是我老公小气，不舍得为家人付出。"

我问："你表姐一个月赚多少钱？"

她说："10000多。"

我一听觉得很是不解："这压根没有可比性呀，你们的生活没在一个层次比什么呢？"

闺蜜说自己的母亲最近不断被亲戚朋友嘲笑，她觉得有点尴尬，抬不起头。

那天闺蜜约了她表姐一起吃饭，我刚好也在场。闺蜜见到表姐就开始抱怨："姐，你说你给我表弟随一个份子钱，干吗就不随5000呢？你知道就因为你给了30000，我现在经常被我妈抱怨太小气和自私。"

她表姐很无奈地说："唉，别提了，我妈太爱面子了。我哪里是给我弟随了30000，其实是去年我跟我妈借了30000元做资金周转，最近刚好有了回款，我就想还给我妈，可是她说写在礼簿上，给我弟弟'长脸'，我拗不过，就这样写了。"

闺蜜一听，这才明白真相，于是拍着桌子说："你咋不早说呢？我还以为我真的有多大逆不道呢。"

她的表姐尴尬地笑了笑。

其实生活中，很多人都是如此，他们总羡慕那些自己不太了解的人，总是以为别人挑走了全天下最好的爱情，而留给自己的，就多么一无是处。他们可能还不太清楚，人与人是有区别的，就像电视剧《欢乐颂》中，一位男主为了追求他眼里比较拜金的樊胜美，特意把租来的宝马说成自己买的，而樊胜美也为了满足自己的虚荣心，说租的房子是自己买的。

你似乎永远不知道晒幸福的人是因为爱慕虚荣在说谎，还是因为害怕孩子受伤，扮成恩爱夫妻。总之，你想要的生活，两个人可以一起创造；你所想要的幸福，也可以试着调整心态，换种方式经营。

如何让我遇见你，在我最美丽的时刻

最近好友李菁结婚了，她的伴侣是一个年轻、英俊的旅行家。在他们恋爱期间，我还有过质疑，生怕单纯、善良的她遇人不淑。在我们的一次聚会中，我从她先生的谈吐、气质中便认定他们是最般配的一对。

她先生阳光、开朗，笑容里有着对世俗的风轻云淡。一个行走过上百个国家，心里装满美景的男孩，怎么会没有感染力呢？

在我们交谈间隙，我开玩笑地问李菁："你打算什么时候要孩子呢？"因为我的姐妹中，许多人都是结婚不久感情还没磨合好，便开始考虑生儿育女。

这时只见他们相视一笑，说："我们还没有过够二人世界，暂时不想要孩子。"

那一刻，我真是佩服年纪与我一样，却比我更懂生活规划的她。

认识李菁时，我23岁，结婚3个月，怀有身孕。李菁见到我的时候很诧异，因为我们都是文学爱好者，都喜欢民族风服饰，不同之处是，她选择了来我的城市读研究生，而我从非洲安哥拉回国，选择了嫁给爱情，结婚生子。

那时，我总以为这样的生活是美好的，是最好的归宿。

经过 5 年的磨合，我渐渐发现，在生活还捉襟见肘的时候，千万不要去触碰婚姻，因为很有可能，这美好的一切就会在交不起房租、吃不起火锅中被摧毁。

李菁读研究生时家境也不富裕，她读书的费用都是父母从亲戚朋友处拼凑来的。那个时候她每天忙于学业、去台湾做交换生，出版自己的散文集，和摄影爱好者学习拍照。

3 年之后，她研究生毕业，先是与一所大学签约，成了月薪 6000 元的平面设计系讲师，而后因为需要还清上大学时所欠的债务，她又开始兼职在互联网教摄影课。

哪一位姑娘不渴望早一点儿遇见那个疼爱自己的白马王子呢？有一次李菁在开学前一周来到西安，我去车站接她。只见一个柔弱、水灵的南方姑娘，拎着笨重的行李箱从车站缓缓走出来。那个时候我问她：姑娘，你这么美丽、动人，为什么不找一个爱你的人疼你呢？

李菁说："肯定要找呀，不过不是现在，要让我配得上最好的爱情时，我才会去找。"

现在想来，她是多么智慧的女孩呀！她在贫穷的时候去努力提升自己的学识、教养；她去台湾学习，增长见识；她把摄影爱好学到极致，变为第二职业。

现在她有了稳定的稿费收入、教课收入，她选择了辞去大学老师的工作，回到湘西老家照顾父母，并开了一家民宿。这时的她，恰到好处，遇见了旅行归来的男孩，她的先生。

人生的高度，从来不是缘分的赐予。大多数时间，你需要登至山顶，才能看清脚下的风景，明白自己想要什么样的生活。

23 岁的时候，我还活得比较盲目，不知道自己想要什么样的爱情，也不懂如何经营好一段来之不易的婚姻，在我完全不懂经营和管理婚姻的时候，又盲目地成了一个孩子的母亲，那时的我状态糟糕透了。

我们因交不起下半年的房租而争吵，我们因给孩子换不起贵一些却不会过敏的纸尿裤而争执，我们抱着孩子去医院，为 5000 元的押金而感觉恐慌……

如何让我遇见你，在我最美丽的时刻？

什么才是席慕蓉所说的最美丽的时刻呢？只是空有青春，而没有才华，没有智慧，没有能力吗？

我想，最美的时刻，就像我的朋友一样，你买得起房子，我养得起家。你可以陪我浪迹天涯，我也可以与你安稳在家。

我们遇见彼此的时候，已经在这个世界上经历了许多磨难，我们没有了娇气、任性，也不会随意发火。我们可以拿自己赚来的血汗钱为对方买一件他不舍得买的衬衫，对方也可以拿出自己的心思，为你布置一个浪漫的夜晚。

最美的时刻，是我们具备了做父母的能力与条件，孩子来到这个世界上不用同我们颠沛流离，不用害怕生病住不起医院，不用担心吃不起奶粉……

好的爱情，不只是你遇见了谁，更重要的是，你在什么时候遇见。

如今的我，过着优渥的生活，也吃尽了多年的苦。回头去看，生活中有许多错误和痛苦可以避免，只是因为那时少不更事，缺乏对生活的规划和对爱情的经营。

痴情，从来不是一个男人爱你的原因

在许多"傻"姑娘的身上，我总能看到自己曾经的影子。

如果说，还有比写书更重要的事情，我希望是成为"傻"姑娘的人生导师，帮她拨开谜团，走出情感困惑。

今天 J 跟我讲了她的故事。

她说，他们曾经很喜欢彼此，可后来他的家里人给他介绍了一个对象，他就和那个女孩结婚了。她很不甘心，因为自己为他付出了时间和金钱，自从他结婚以后，自己再没有恋爱。

女孩说得声泪俱下，她说自己把一切都给了这个男人。如今他结婚了，又过来与自己一起开店。她这次回老家，想帮他去跟亲戚借钱，她想帮助男人开第三家店……

你相信这个世界上有傻到尘埃里的女孩吗？我信。或许我曾经就是这样的人吧。我们以为把自己最喜欢吃的鱼给对方吃，那个人会感动，会记住我们；我们以为把自己省吃俭用节约下来的钱给对方买一个剃须刀，他就会爱我们，疼我们；我们以为和父母撒谎，借钱，帮助他，他一定能看懂自己的心，把一切都给我们。

我也曾经这么痴情地爱过一个人，在他欠下巨额债务的时候，毅然选择了帮助他，即便自己负债累累，也愿意拼命赚钱替他还债。

到了该谈婚论嫁的年龄，他说：对不起，我不能和你结婚，我家里人让我和另一个女人在一起，因为那个女人有事业，她能帮助我……

男人是多么理性的动物呀，他怎么会因为你和他一起吃过苦，就永远记得你呢？他怎么会记得你吃着泡面，就着咸菜供他读书，他就会奉献余生陪伴你呢？

至少，这个时代的男人不一定会。

记忆中，自己每天忙着在家里带孩子。那晚依照惯例他会和孩子视频通话，可时间过了一个小时，手机都没有动静，于是我主动打了过去，手机竟然关机了。

知道他在出差，我怕他出意外，不断重复拨着他的电话号码，电话那端一个冰冷的女人一遍一遍地重复：您拨打的电话已关机……那一刻，我整个人接近崩溃，脑补了无数他遇到危险的画面。

后半夜的时候，他的手机终于通了，他醉醺醺地说今天朋友请他去KTV，他觉得不方便，所以关机了。

那一刻，我的情绪忍不住爆发了：我以为你出意外了，你却在潇洒地唱歌，和别人喝酒……

在恋爱的时候，善良的女孩很容易吃亏，因为总是把对方想得和自己一样体贴、细心。

我告诉那个女孩，当他和别人结婚那一刻起，你就应该和他划清界限了。你不但没有在意他娶的人不是你，你反而和他一起开店，帮他四处借钱。姑娘你知道自己这种行为，他心里是什么感受吗？

你一定觉得他会内疚、自责娶错了人，他甚至会离婚，放弃一切和你在一起。

对不起，你错了，他只有一种他永远不愿说出口的想法：姑娘，你得多没人要，才会这么没原则，没底线呀？

是的，姑娘，明明有更爱你的人，你不去选择，却偏偏和一个已经辜负了你还在利用你的感情的人继续纠缠在一起。在他眼里，你早已没有了魅力，却还被他拿捏在手里。他知道，即便他不娶你，你依旧死心塌地爱他；他知道，即便不给你承诺，你依旧会不顾一切帮助他。他如果真的懂得感激，怎么会舍得你如此辛苦奔波？他如果真的爱你，怎么会用余生照顾另一个人，而不是你？

他没有你想的那么没主见，那么听从父母的话，他以孝顺的名义谎称自己无辜，这只是他的套路。而善良的姑娘遇到这种套路，往往会被感动得一塌糊涂。

他拿自己的精力和财富去孝顺自己的父母和妻子，他给了你什么呢？

你一无所获，依旧痴心绝对。姑娘，你是多没有人要，才爱得这么没有骨气？

张爱玲说爱一个人很低很低，低到了尘埃里，在尘埃里开出花。因为她的这种想法，所以才有了一次又一次辜负她的胡兰成。而你呢？难道你也想被男人一次又一次辜负，最后孤独终老吗？

我们似乎一直羡慕一生优雅的奥黛丽·赫本，她活得自信、精彩，被于贝尔·德·纪梵希爱了一生，后者因爱而不得，一生不娶。

林徽因在爱情里比张爱玲活得明白，她知道如何拿捏尺度、把握分寸，如何在爱情里保持智慧与优雅。林徽因选择嫁给梁思成，却并不影响金岳霖为她一生不娶。

如果张爱玲能够及早明白，爱一个人，不是拿自己的命去换另一个人的命，不是把自己的稿费邮寄给别人去风流，如果她及早懂得，男人爱你，是因为你舍得为自己投资，让自己珍贵，让自己风情万种，而不是你对他爱到痴迷，如果她真的懂得，或许她可以早一点幡然醒悟。

可世界上，就是有许多"傻"姑娘，她们飞蛾扑火，即使自己伤痕累累。何苦呢？

一次我与一位失恋的姑娘聊天。我的桌前放着一盘小番茄，我递给她一颗。我说爱情这东西很奇怪，你给对方十颗小番茄，对方只给了你一颗，你会骂他小气，可如果对方给了你一颗，你也只给了他一颗，你们都不会觉得累。

抱怨一个人爱得太自私，太小气的时候，也有可能是自己爱得太久，给得太多。那些爱而不得的爱情，许多时候都是自己一厢情愿的付出，自以为可以有相同的回应，结果有的人习惯了接受，有的人却累了不再付出。

这个时代，人们比较务实，看重眼前个人利益得失。花前月下的美好，要不结束在校园，要不结束在高额的房贷之下。

面对生活和爱情，要学会取舍，把控尺度，保全自己。

生命回赠了不一样的你

　　——浅读《我走了很远的路，才来到你的面前》有感

　　在我刚开始成为一个畅销书作者时，我依旧习惯每天花大量时间阅读和写作。

　　记忆犹新的是，在我酣畅淋漓地阅读的时候，QQ 忽然弹出来一条读者信息，内容很长，但总体解读是一个在家里和婆婆发生摩擦，又不被丈夫理解的女人在找我诉苦。我刚想放下书安慰她几句，回复文字的时候，一大堆带有怨恨和咒骂的话语随即发了过来。

　　我想了想，决定继续听她诉苦，暂时不回复信息。

　　大概过了十分钟，我已经完全沉浸在书当中，忘记此人的存在。再回过神来的时候，看到她留下了对"作家"冷嘲热讽和抱怨的许多文字，之后她将我拉黑了。

　　那个时候我有一些自责和内疚，一晚上我都在为此伤神，甚至告诫自己以后要多倾听读者的心声，也要多替他人排忧解难。

　　可久而久之我发现，当我发一条信息出去的时候，一定会有另一条

消息互动过来，有的人炒了新学会的饭菜与我分享，有的人买了新的衣裳问我是否好看，甚至有的人怕忘记了家里智能锁的密码，都要让我帮她记住。

那个时候我累极了，给闺蜜打电话的时候哭了，我抱怨当别人眼里的"作家"太累了。如果我不回复信息，读者会说我高冷，不爱搭理人；如果我经常回复信息，我就成了大家的"万能钥匙"……

有一段时间，我竟然从焦虑发展到了抑郁。因为靠读者数量决定作品命运的作者，不得不把读者看作上帝。

在忙碌与疲倦中六年光阴匆匆而过。如今的我再也不会为了谁的一句指责、抱怨而暗自伤神，也不会因为被某一个人删除好友而难过。因为我终于明白了，人与人之间本质的区别不是身高，不是衣着，不是相貌，而是我们最终对待自己生命的态度。

一个人能实现梦想，并不是因为曾经无数次取悦了谁，也不是因为遇见了某一个人，而是当他与任何一个普通人一样的时候，他做了一件不太普通的事情——善待生命，给时间不一样的使命。

读小马老师这本《我走了很远的路，才来到你的面前》时我甚至可以想到，那个年纪轻轻每天钻在汽车底下，不断摸索汽车零件，寻找维修工具的少年，在一堆年龄相仿的人中，听着别人聊昨天喝过的啤酒，玩过的网络游戏，吃过的烧烤时，他在想什么。

是的，他也想喝啤酒，玩网络游戏，每天有烧烤和热气腾腾的饭菜。但是，他还有一点不一样的地方，那就是不甘于把未来幻想得那么简单，那么美好，那么容易。

小马老师年龄比我大一轮，算下来，他开始在央广实习的时候，我还在大西北的深山里，通过广播来获取与外面世界的联系。

在那个偏远的山村里，中央人民广播电台是我唯一可以接收外部信息的媒介，这使得我与小马老师有着相似之处——都贪婪地喜欢广播，因为它让我们在那种无比闭塞的环境下，有了对梦想的憧憬。

有人在雨中漫步，是因为他们有伞；有人在雨中奔跑，是因为他们没伞。

小马老师注定是一个传奇人物，也正如我曾在文中所写：有人一出生就有一副好牌，只要他稍微用心，就可以赢得人生；有的人一开始没有好牌，他需要非常努力，才能改变命运。

一名初中毕业生，想成为优秀的电台主播，说给任何人听，或许都会被嘲笑吧？他当时的处境就像我那年在混凝土搅拌站工作，每天和我一起工作的同事都在聊下班去哪里吃，去哪个 KTV 唱歌，去哪个网吧玩游戏。

如果你说，不，我不去，我想回去看书，因为我想成为一名作家，一定会有人笑掉大牙。我没有大学文凭，我凭什么能成为别人眼里的作家呢？

生活是过给自己的，在我们还没有开始奔跑的时候不需要说给任何人听。

追梦的路，就像一场马拉松。枪声响起那一刻，有一千个人同时出发。有的人跑在前面遥遥领先，有的人在后面拼命追赶，有的人不急不慢。五圈之后，遥遥领先的人已经跑不动了，而此刻在后面的人开始追赶，接着赛道上一千人变成了八百人；再跑五圈之后，有的人因为大雨而放弃，有的人因为寒风而放弃，有的人因为酷暑而放弃，有的人因为跑在前面的人太多而放弃……直到二十圈之后，不缓不急，没有任何优势，却不愿意放弃的那个人，打败了有天赋却没有毅力的人成为冠军。

有人说，成功路上从不拥挤。不是因为聪明的人太少，而是能经受得住重重考验的人不多。

这本书中令我印象最为深刻的是小马老师去央视一档节目试音，当时小马老师的口袋里只剩十块钱，他预测试音结束后，他可以赶上回住处的末班车。然而那天的试音非常不顺利，他在得知自己没有通过试音时已经子夜一点半了。

　　一个七尺男儿那一刻经过了怎样一番心理斗争，最终毫不掩饰地敞开心扉向节目组老师说明情况，并恳请留宿，最后他在试音间的沙发上度过了追梦途中第一个不眠之夜。

　　许多年来，因为执着追求写作这条清苦却很少有经济回报的路，我遭受家人的不断打击，以及身边人的嘲讽，为此我也失去了自己的第一段婚姻。每当生活窘境的时候，我会在孩子入睡后，将自己埋进被子里放声痛哭一场，不为悲伤，只想减压。然而，当我读到小马老师这本《我走了很远的路，才来到你的面前》时，我开始觉得过去的自己有一点做作，我甚至问自己：你睡过北京四环的地下室吗？你经历过身无分文，又无家可归吗？你有早年因父亲离世，母亲病重，不得不挥别窗明几净的教室而钻进充满油污的汽车车底的经历吗？

　　有人曾开玩笑说：当你觉得自己很不幸的时候，去听听那些比你更不幸的人讲故事。也有人说，当你觉得自己非常绝望的时候，去医院的走廊里听一听那些虔诚的祈祷，或许你会觉得自己真的只是有一点儿矫情，有那么一点儿脆弱。

　　哈佛大学有这样一则校训"你所浪费的今天，是昨天死去的人奢望的明天。你所厌恶的现在，是未来的你回不去的曾经。"

　　如果说，一本具有鼓舞力量的书是他人眼里的鸡汤，那小马老师的这本书就是一碗让人永生难忘的"嫩牛满面"（泪流满面的谐音）。它能在我们精神饥渴的时候，满足我们的需求，也能在我们极度彷徨的时候，给予我们希望与力量。

我喜欢它，不只是因为它记录了一个生命从晦涩、懵懂到闪闪发光的历程，更喜欢它质朴中流淌出来的那份真诚与感动。

被命运千锤百炼的人或许偶尔会向命运发问"凭什么"或"为什么"。然而读小马老师的书，我们看不到他对命运的任何抱怨，看不到他对生活中遇到的不公与艰难的一丝不满。

我们都是既普通又平凡的人，有的人把悲痛化作力量，选择抗争，有的人被命运安排，最终无奈妥协。

从新疆戈壁大漠一个修车的 16 岁少年，到成为众多北漂之一，从一个初中辍学混迹社会的打工仔，到成为中央人民广播电视总台一名优秀的节目主持人，小马老师用这本书记录了他成长、蜕变、向死而生的整个过程。

在电影《当幸福来敲门》中有一句经典台词：不要让别人告诉你，你不行！如果你有梦想就要去捍卫它，那些自己一事无成的人总要告诉你，你也成不了大器。要相信自己，即便我们曾经一无所有，但只要我们愿意改变，生命就一定会回赠我们不一样的自己。

坐在板凳上行走的人

我闲来无事，便要出门走走，即便有事，也一定要出去活动筋骨，因为自从为人母之后，从养育孩子到工作，几乎占据着我每天所有的时间，久而久之，我便出现了颈椎病，时常会头晕目眩。

我偶尔会去篮球场散步，那里有很多青年在呐喊，也有在欢快的印度歌曲中扭摆着腰身的妇人。更多时候，我会找一条僻静的小道，牵着刚满五岁的儿子，与他漫无目的地前行。

散步次数多了，时常会碰见一个看起来有点儿怪的人。有时在球场边，有时在林荫小道上，有时刚好在我家楼下。她时常散乱着许久不梳洗的短发，穿着一件不常换洗的衣服，坐在一个已经与地面经过无数次摩擦，看起来有些光滑的小木凳上，一点儿一点儿地挪动身体。

初次遇见她的时候，从她的穿着打扮我甚至误以为她是一个头脑不太灵光的人。但是见面次数多了，便感受到她的头脑是正常的，只是性格有些古怪。

我和她至今没有说过一句话，只记得有一次匆忙赶去物业缴费时，她正在物业大楼的侧面和一个中年男人吵架。那个男人看起来好像她的丈夫，又似乎像一个陌生人。但是从她咬牙切齿的表情里能感受到，那个人不是陌生人，或许只是看起来陌生罢了。

有时与她擦肩而过，我会去想，她这是生的什么病？为什么不能坐在轮椅上呢？腿脚不灵便的人大多坐在轮椅上。我又觉得，或许她这样的身体，坐轮椅会加快她的肌肉萎缩，只有不断地活动，才能让她身体血液流通，皮肤不溃烂。

多数时候，我一个人照顾孩子，并且要做许多工作来维持我与孩子的生计。父母很是牵挂与心疼，但我很固执，不合适的人宁可分手了，也不愿凑合。这样一来，在母亲看来，生活重担便全部落在我一人肩上，所以她时常催促我，快点儿找一个人把自己嫁了。

虽然经过十多年的折腾，我已经离开了之前枯燥、单调的工作环境，真正把爱好变成了事业，但无论生活也好，情感也罢，烦恼依旧会在过于劳顿的时候将我缠绕。

那天门外下着毛毛细雨，我出去找食物填饱肚子，刚好走进一家小餐馆，发现了她也坐在小板凳上，趴在另一个稍微高一些的凳子上吃饭。

她低着头，默不作声，可能是因为病痛的折磨，每次碰到她，都能感觉到她的孤独。小吃店的老板很热情，逢人就打招呼，可是却没有看到这位老板和她过多交流。

我点了一份凉皮、一碗鸡蛋汤后也坐下来吃。吃饭之余我会默默注视她。

平时谁给她做饭呢？是她的丈夫，还是她的父母？她看起来不到四十岁，全身却消瘦极了，大概因为生了这种耗时劳人的病，身边的人对她没有了耐心，她的脸上没有温暖和幸福的痕迹。

她吃过饭，艰难地从口袋里掏出来五块钱，放在了桌子上。之后她像蜗牛一样，一步一步地缓缓地朝着小区的方向挪动。

那一刻，我是多么心疼她，又是多么钦佩她的坚强。我曾经用自己的故事治愈过多位轻度抑郁症患者，也尽量挤出时间和受情感折磨想轻生的人交流。然而，我总觉得倘若那些拥有很多，每天依旧闷闷不乐的人，如果偶尔能从她的身边走过，感受她蜗牛一样的速度，体会她所处的生活环境，再看到她孤独背后的勇敢和坚强，一定也会像她一样热爱生命。

可怕的贫穷

很久没有这样大病一场，由于长途驾车，再加上来到西宁后这里忽然降温，感冒突然而至。如果在平日里遇到感冒，我只会四肢无力，然而这一次偏偏遇到了高原反应，这下我在酒店的床上整整躺了三天三夜，全身关节疼痛到哭出声来。

以前我总觉得，倘若一个人生病，他知道即将死亡，可能会非常害怕或者绝望。但当疼痛遍布全身的时候，我的身体里没有所谓理性与感性，甚至面对"你害怕死亡吗？"的自问，我的答案是，不，在疼痛中死去其实是一种解脱。

三天后，我从床上爬了起来，恢复了味觉，我开始想出去吃火锅。这么多年我养成了一个习惯，最累的时候总想吃火锅放松自己。

这家火锅很有特色，菜品种类繁多。各种菜品在桌子中央像火车一样慢慢转动，我看着这些新鲜的菜肴，食欲大动。

我一直喜欢吃火锅。结婚前，我总是和朋友去吃，偶尔和家里人去吃。

结婚后，日子过得非常拮据，我几乎没有机会外出吃大餐，有时候自己做饭，有时候在楼下买一碗面。家门口的火锅店再也没有去过，因为我知道花费比较高，不想在吃的问题上和婆婆发生争执。

有一天，楼下开了一家地摊串串，味道没有火锅好，卫生也一般，可是可以解馋，还便宜。

偶尔写作累了，我便去串串摊吃饭，虽然有时会觉得很委屈，生活没有过好，那个时候觉得自己嫁给了爱情，这样的生活也无所谓。

婆婆来家里住了一段时间，每天都在家里做饭吃。记得有一次儿子要吃肯德基，我想老人或许没有吃过，就带她一起去了。结果带老人和孩子吃完肯德基，老人回到家里就躺在床上说自己生病了，当时我很纳闷，怎么吃了薯条和汉堡就会生病呢？

有一次陪婆婆去回民街逛，请她吃了一顿泡馍，她回到家里又是抱怨里面肉太少，又是抱怨不好吃。

后来孩子爸爸告诉我，以后不要在外面吃饭，母亲觉得外面吃太贵，所以才那样说。

那次我实在嘴馋，不忍心将老人一个人留在家里，于是我跟婆婆说家门口有一家地摊串串，很便宜，我们可以一起去吃。

记得那天，我刚坐下来拿起菜单，婆婆就不停念叨："少点些，吃不了。"

记忆中，那段生活很压抑，一家人生活在一起，没有人想如何赚钱，家里讨论的话题永远都是如何省钱。

那段时间，我几乎没有了所谓人情世故，因为几乎不下馆子，所以更不会请朋友在外面吃饭。

过节时，给同事、领导买一些小礼品，都要被家人不理解地数说一顿。

有人说，穷人有一千个节约的理由，而富人只有一种富裕的思想。成功的人，教你如何找出路；贫穷的人，一辈子都在教你如何节衣缩食。

人们总是善良地看待贫穷，觉得省吃俭用是一种美德。但是过度的省吃俭用，甚至盲目节约，不仅不会攒到钱，反而会让年轻人失去许多机会。

节俭固然可贵，但一味地"抱贫省俭"，不求思变，很难摆脱贫穷。

当你觉得自己改变不了一个家庭根深蒂固的守旧思想时，与其改变别人，不如改变自己。

如果你习惯了穿LV，就不要试图融入地摊生活，因为未来无论你怎么迁就对方，他都觉得你过于奢靡。因为穷人，只想明天比今天更省。

在穷人的眼里钱比时间重要，而富人永远首先考虑时间成本。

第一次，我发现自己如此无知

有一段时间，我的情绪非常低落，因为我错过了自己好不容易才遇见的王子。

临近三十岁，我遇到了自己的意中人，他是一位很优秀的企业家，我被他的智慧吸引。

可是，我们在后来的交往中非常不顺利，似乎彼此之间都不太了解对方。

那天下午，我约了一位礼仪培训老师，想与她一起做女性提升与管理学院。

为了准时赴约，我提前两个小时开车从我所在的城市出发，生怕因为堵车迟到，耽误她的时间，因为我知道她时间宝贵。

第一次见到她，是在集团公司的商务礼仪培训上。公司领导说，她的课程一节一万元，让我们认真听。果然一个多小时的课程我被她讲课的专业性和感染力吸引。待所有人员陆续离场，我径直走过去加了她的微信，之后她便成了我的微信好友。

这一次与这位老师见面，是我们第三次见面，虽然见面次数很少，但我们平时都会通过朋友圈互相关注。

那天，我特意穿了一件粉色纱裙，外搭一件粉色外套，配了一双粉色小皮靴，自认为形象完美得无懈可击，但是当我的肢体语言和我的服装搭配从不同角度被老师用手机视频呈现出来时，我好像一瞬间明白了，为什么自认为光芒万丈的我，却丢失了自己的王子。

老师问我："你会和这样一个穿着甜美可爱，举手投足却霸道总裁范十足的人谈恋爱吗？"

我说："不会！衣服和人缺乏协调性，看着太别扭了。"

老师接着说："粉色衣服会显胖，你不知道吗？花边袖和领子会显胳膊粗，你不知道吗？"

于是我问老师："那我这种讲话不拖泥带水，做事雷厉风行的人应该穿什么？"

老师说："女人的美分很多种，如妖娆妩媚型、中性骨感型、知性优雅型、甜美可爱型、文艺型。那么请问你属于哪类？"

许多年来，我一直觉得自己身材娇小，性格外向，所以我说自己是甜美可爱型。可老师对我说："其实，你属于知性优雅型，只是你错误地把自己打扮成了另一种风格。"

刹那，我发现自己竟然无知了近三十年，我也开始思考过往的生活。一些人通过我的穿着将我定位成了一个柔弱、可爱的小女生，可是在与我交谈时却发现我说话干脆利索，做事果断、不留余地，我并不是他们印象里那个天真、无邪的少女。

那天我给老师举例，有一天我将手表落在了朋友家里，他希望快递给我，我一听很生气，回复了他一句："请你扔了它吧，我没时间去拿。"

于是我问老师："如果是甜美可爱型的女孩，会怎么样回复呢？"

老师说:"可能她会说,手表我就是故意落在你家里的,因为我想让你给我送过来。"

说完老师问我:"你其实也想让他给你送过来,但是你说不出来对吗?"

我点点头。我这种性格的人,很难通过撒娇去请求一个人为自己做什么,很多时候都觉得那个人应该自己考虑到如何去处理,倘若他处理不好,必然会让我失望。

刚认识你的人很容易通过你的穿着习惯来判断你的性格,当一个人的着装与性格不统一的时候,很有可能因为判断错误,使用错误的相处方法,最终导致大家不欢而散。

于是,我告诉老师,我打算彻底改变,努力学习穿衣搭配的知识,让每个遇到我的朋友,都能通过我的服装风格判断我的性格和生活习惯,避免让别人会错了意。

第六辑　你要学会独立行走

十年磨炼，只为经验

刚进入企业工作时，我最头疼的是喝酒应酬，现在最痛恨的也是喝酒应酬。区别是那时候想做好，但是不会做，也做不好，现在是能做好，却不屑去做。

前不久我加入了某机构，硬着头皮应承下来。大概领导认为我是这个岗位的最佳人选，所以多次劝说让我暂时担着。

人情世故，谁都怕得罪人，我勉为其难接受了，但是要一起吃饭的时候，坚决不参与，因为各种恭维和客套话，听得人浑身起鸡皮疙瘩。

我特别"佩服"的就是有些端起酒杯恭维人，殷勤得像极了青楼里的姑娘的人。有的人加入某个圈子不是因为喜欢圈子本身，而是喜欢那个神圣的光环，所以总是要放弃一些东西，来获取另一些东西。看透了这些，我觉得很无趣，便不再参与。

过去我害怕与人打交道，为了锻炼胆量，经常报名参加公司里的一些演讲活动。

公司没有经费，一些活动需要的服饰、妆容都要自己花钱。有同事很费解，说公司那么小气，一分钱不给，我还这么认真。

言下之意，我真是个傻子。

这种傻事，我做了不止一次。

在非洲安哥拉的时候，工作很累，白天开叉车给项目车辆装卸货物，晚上去码头给国内来的物资船清点货物数量，开单据。即便忙碌，我还挤时间学习了葡萄牙语，半年后因为翻译回国，我又兼职做翻译，同时还要给三十位安哥拉当地的工人做考勤、发工资。

其他人都尽力把自己的工作分出去，但是我却给自己揽了一堆工作。公司裁员的时候，太清闲的人都被送回国了，我留下来去外贸公司做业务。

大部分人都是利己主义者，思考问题永远以自己不吃亏为前提，公司也一样。如果一个人可以做三个人的工作，这个人就可以存在，有的人创造的价值与薪水不对等，慢慢就会被取代。

一开始我在公司报名参加演讲的时候，没想过领导是否重视，有没有什么福利，就是为了锻炼自己。

我在全国六所大学讲课，没跟一个学校收费，而且还现场给每个学校的学生赠送了五十本签名作品。

许多同学非常反感作家带目的性地来学校讲课，认为作家都是来卖书的，为了把我认为有必要、有意义的东西，让大家以更容易接受的心态听进去，我现场送了五十本书，就是告诉学生，你不用买书，我就是来免费讲课的。

我并不是一个多么富裕的人，一个人要养孩子，还要赡养老人，送书、免费讲座，再搭上机票钱和住宿费，是我省了为自己买衣服的钱、出去旅行的钱，还有孩子的教育金——也因为这样我才有机会与我的读者面对面地交流，但是父母特别不理解，认为我在胡闹。

一天《超级演说家》的编导来凤凰卫视的办公大楼门口接我，在此之前我还一直想，这么高大上的节目，能力那么出众的编导，我会不会在说话的时候就像和领导喝酒一样，牙齿打架呢？

　　等我浑然不觉侃侃而谈两个钟头，等我从凤凰卫视大楼走出来，坐上回酒店的出租车，我忽然意识到自己今天竟如此轻松自如地聊了那么久。我的紧张呢？我的胆怯呢？我的害怕呢？

　　时间真是好东西，它改变了一个人——不对，改变一个人的不是时间，是丰富的经历和不断挑战自己所积累的经验，因为有了某些生活阅历，某些经验，所以面对一些事情的时候，你会胸有成竹，你会懂得应对。

　　人生哪里有那么多亏让你吃？你担心吃亏只是你不明白每次吃亏的时候，你到底收获了什么，以及什么对于自己才最重要。是金钱吗？非也。它今天在你手里，明天在别人手里。那么什么东西永远在你身上、心里、大脑里？是知识，是经验，是技能，是社会阅历。你不应该总是为容易失去的东西，而错过不容易失去的东西，并且这辈子你真正拥有了这些不容易失去的东西，你才会拥有财富。

甜蜜的"负担"

我把自己赚来的沉甸甸的一沓钱放在父亲的手里，说：爸爸，拿去花吧，想买什么，就买什么。

这一天是在我的梦里。

曾经无数次做这样的梦：我赚了很多钱，从包里拿出来交给父亲，他笑得合不拢嘴。

可现实并非如此。

我在一个企业工作，拿到了一笔8000多元的工资，那时我特别兴奋与开心。于是我打电话给父亲说："爸爸，工资终于发了，我给您打过去，您花吧。"

那个时候他做工程还能赚到一些钱，于是他说："你自己留着用吧，爸爸不需要你的钱。"

很多次，父亲都会说这句话：爸爸不需要你的钱。

我从来没有认真思考过，不需要，难道真的就不给吗？真的就不需要攒钱吗？

10 年来，无论赚多少钱，我都能做到月光，因为父亲说他不需要我的钱。

可是慢慢地，父亲脾气越来越大，母亲说工程不好做了，父亲经常被甲方为难，而且他们拖欠工程款，有时为了让工人的孩子读书，父亲不得不拿出家里的积蓄支付工人工资，于是我们家生活变得捉襟见肘。

我似乎只是开开心心为自己过一个又一个生日，却并不知道岁月无情地在掠夺父亲的青春，他日渐疲惫与衰老，最后终于没有力气对我说：我不要，你留着花吧。

有一天父亲病倒在医院，医生对我说："是 3 床的家属吗？去缴费吧。"

我战战兢兢地接过了缴费单，5000 多元钱，那一刻我竟然拿不出来。

隔壁床病人的孩子接过缴费单迅速离开了，而我看着父亲从他的衣服兜里艰难地拿出一张卡说："没事，用我的卡吧！那一刻我的脸就像被这张卡抽了一样。"

父亲住院了，他刷的是自己的卡。作为他疼爱了 26 年的女儿，我身无分文，没有办法为他分担。

缴完费，我一个人坐在医院门诊部一楼外的花坛边，泪水不由自主落下来。

从这一刻我开始思考这些年我为父亲做过些什么。

过生日了，还是买衣服了？又或者陪他去旅行了？似乎在父亲爱的包容下，我缺少了太多作为女儿应该有的爱和付出。

每天，我自私地追求自己的梦想，并呼吁许多人和我一起实现梦想。

什么是梦想？它是一个远大的目标，很有可能需要我们耗费大半生甚至一生的时间去追求和实现，并且很有可能我们要为此忍受清贫。

可是，我能等得了自己梦想成真，父母等得了吗？

我需要努力攒钱了。那一刻，这是我唯一的想法。

后来我努力在互联网上教写作课，我把出去逛街、旅行的时间节约下来给学生授课。我努力攒钱，之后拿给父亲，我说：爸爸，以后我给你钱，你一定要拿着，因为只有你拿了，我才知道你真的需要我，我也会明白，我需要努力照顾你和妈妈。

父亲第一次接过了我给他的钱，虽然赚钱很辛苦，这些钱在过去我会用来吃西餐、旅行、买衣服、看电影，但是我放弃了去挥霍和享受，只希望能够把它放在父亲手里，希望他能够明白，别人的孩子能担负起的责任和义务，他的孩子一样可以承担。

我也希望当别的老人对我父亲笑着说"我闺女今天带我去旅行了"的时候，我父亲可以拿着照片说："哎呀，我们昨天刚回来。"

我也希望别人说"我的包是我闺女买的"的时候，我父亲说："我的衣服也是我女儿买的。"

我希望在这场亲情的展示中，我的父亲不会失望与难过，虽然我没有能力给他最好的一切，但我可以努力把我能做到的都给他们。

有人说，上有老下有小是人生最辛苦的阶段，的确如此，因为我们发现这个时候我们甚至没有机会谈起梦想，但是这也是我们人生最幸福的阶段，因为我们每天可以听到从小到大已经习惯了的爱的絮叨，以及吃到我们一生戒不掉的妈妈牌的手擀面。

倘若有一天我们最爱的人走了，无论你多么位高权重，多么富有，都无法挽回他们的生命，这个时候你才能体会到，轻松与自由少了爱的陪伴与分享会变成一种孤独的思念。

我承认，在赡养父母、教育子女的阶段，我们的确很累，但是也请你一定要记住，终有一天这些甜蜜的"负担"会离你而去，而那时，你会很失落。

所以珍惜吧，享受世间最甜蜜的"负担"，它可以让我们拥有最甜蜜的微笑，睡得最踏实的夜晚。

理解你身边那些"爱钱"的普通人

金钱把人分成了两类：一种是不爱钱的人，一种是爱钱的人。

生活中有许多人优雅、骄傲地对身边朋友说："我不爱钱，我觉得生活越简单越好。"

我们每个人身边大概都有这么几个人，父母承担其日常花销和房贷，他对朋友说："人嘛，要学会淡泊名利。"

以前我不知道为什么父亲四十岁以后总是提醒我要多赚钱，我觉得自己既然选择了写作，这辈子就一定要让自己返璞归真，不与金钱打交道。

后来我渐渐明白，医疗、教育与住房是压在大多数人胸口的大山，上有父母需要养老，下有孩子需要择校，作为普通工薪阶层，或许很大程度上，你成熟和老去的过程，就是你变得越来越"庸俗"的过程。

因为生活不具备你不食人间烟火的基本条件。

我去大学讲课的时候，尽量避免与大家聊收入、住房、医疗，因为大部分大学生还是不用给老板打工，每个月就有钱花的少爷、公主。他们中还有一些人觉得金钱就是粪土，谈钱太俗气，太势利。

我之前有一个男性朋友，活得非常理想主义，他经常在朋友圈晒自己今天吃饭又是某女孩买单。他长得很帅，保持单身状态至少三年了，每次别人问他为什么不谈恋爱，他说自己没遇到合适的。

其实他追了一个女孩五年，女孩没有直接告诉他，而是委婉地说，她怎么可能会嫁给一个吃饭都让她买单的人。

生活中，其实真的有一些未来需要担负家庭重担的理想主义者，不知道是父母太溺爱他们，不舍得孩子长大，还是担子太重，他们担不起来。我们经常能够看到一些大龄青年赚到钱不是想着做小型商业投资，或者个人能力投资，而是去旅游，去吃饭，去买奢侈品，总之他们全然忘记家里还有一双年迈的父母需要他们照顾。

我觉得一个人的第一次成长，不是学校给的，而是医院给的。

父母住院了，孩子交不起住院费，或者自己年纪轻轻却查出来需要花费巨额治疗费用的病，伸手找父母拿钱……

大部分人的第一次成长是通过泪水重新认识这个世界。

大概有一部分人意识到了，在竞争压力巨大的生存环境下，诗和远方的田野基本属于已经解决了自身温饱、孩子养育和父母医疗等问题的那部分人。

我曾经跟一个整天与"富二代"混在一起吃喝玩乐的朋友说，坐在他们的车上，不代表你就有了和他们共同竞争社会资源与工作的机会。

许多人虽然看起来同住在一个宿舍，同出入一所大学的校门，但有的人享乐，是因为他的家人已经为他的后半生做好了铺垫，有的人没有这种资源和背景，也跟着吃喝玩乐。走出社会后，你看到别人成了某公司法定代表人，继承家业，同时身边有一些精英教他做事。

人与人真的没有可比性。一次我和几个朋友小聚，喝了几杯后，我开玩笑说，今天我上了三节课，大概赚了一千块钱。

一位朋友端起酒杯笑着说："太累了，你看我们这个月只要打几个电话，安排几个人，就可以进账几百万。"

我们大部分人出身平凡，一开始没有社会资源，没有工作经验，却还要和这些背景深厚的人在职场、商场血战，我们是否应该拼命去做事呢？

真正的公平很难实现，所以在残酷竞争中生存，时间越久，人们越能看清人情冷暖，并对情与爱加了附加值。

我希望很多人理解自己身边那些看起来很"爱钱"的普通人。

有质量的人生，离不开规划

十年前，我有一个藏在内心不敢说出来的梦想，那个时候我认为我的境况让梦想遥不可及，所以我就把梦想当作一颗种子，埋在心里。

有学生问我，是否可以申请加入中国作家协会；也有学生看到我读了鲁迅文学院，问我怎样才可以去进修……

许多人之所以能够以成功者的姿态出现在我们眼前，是因为他们付出了心血与很大的努力。

要想生活过得有质量，一定要学会做人生的规划师。

许多大学生在校期间，觉得自己唯一要做的事就是学习，闲暇时间用来谈恋爱，但其实大部分成功者从进入大学那一刻起，就已经在规划人生了。除了优秀的学习成绩、丰硕的论文成果，同时会要求自己在大学期间学会几项能力。

有的女孩在学校学会了跳舞，大学毕业未找到理想工作之前，就去做舞蹈教练。有的男孩学会了健身，毕业之后，暂时做了健身教练。有的同学毕业后，四处求职，到处碰壁，索性把自己关在家里，心安理得啃老。

许多人在经济拮据时遇到了想要共度余生的人，结婚不久，毫无规划地邂逅了一个小生命，于是把最好的爱情浪费在最穷困潦倒和狼狈不堪中。

我结婚之前，对生活缺乏规划。结婚后一心只想做贤妻良母，可房贷和养孩子的各种费用压在身上，两个人从结婚前的无话不谈，变成生孩子后的无话可谈。

那时我的确很穷，偶尔嘴馋只能去地摊吃串串。寒风刺骨中，放眼望向火锅店温暖的窗户，我不知道是我选错了爱情，还是选错了时间遇到爱情。

然而那个时候，两个人都刚工作不久，经济条件差，养孩子非常吃力，也因此没有好好珍惜爱情，家就散了。

庆幸的是，这些年我一直对事业有足够清晰的规划，从省吃俭用自费出版第一本书，学习自媒体写作与作品推广，学习互联网教课，到如今自己注册成立公司。

时过多年，我30岁了，生活逐渐稳定，事业也有了起色，再也不会为给孩子吃200元一桶还是300元一桶的奶粉纠结。

这些年我出版了三本书，也去了全国多所大学演讲，被中央广播电视总台采访，被中央电视台中文国际频道采访。这些机会，并不是一夜之间主动找上门的，而是我努力为梦想进行了目标规划与十多年的坚守的结果。

这世上根本就没有捷径，只不过是你比别人付出了更多，才看起来比别人走得更快。

那些有着父母奋斗来的江山只等继承"王位"的孩子，如果没有经过历练，缺乏经验，当生活遇到难题，公司遇到问题时，自己很难独立解决问题，所以即便他拥有了"王位"，也需要智慧处事。

生活没有绝对的公平，有的女孩生下来比别人个子高，比别人漂亮，她们从基因上就获得了先天优势，她们身边的资源可能比我们多，你拿什么和这些人竞争资源？

人口多、资源少、竞争激烈是我们面对的现实情况，教育资源、医疗资源尤其不足。

许多年轻人在没有孩子时放弃奋斗，并安慰自己，慢节奏才是好人生，他们哪里知道这种浪费光阴，不规划生命的行为，浪费了未来本属于自己的多少机会和资源，最后不得不为了柴米油盐与最亲爱的人，争吵得面红耳赤。

男人怪女人现实，女人怪男人无能。

倘若人们一开始就看清楚自己所处的环境，怎么会浪费大把时间，随心所欲地生活呢？

有的人喜欢诗和远方的田野，但愿你的文艺情怀，不是用父母的血汗和操劳在拼命支撑。

倘若你觉醒了，知道该努力奋斗了，从现在开始先规划生活，再规划事业，你拥有了稳定的收入，再去找另一半一起经营幸福，千万不要在自己都吃不饱的时候，就去承诺给别人的未来，那样你会牺牲爱人和孩子的幸福，为自己的冲动付出代价。

你不需要活得那么"标准"

有一次，我给初小的学员授课，孩子们的老师布置了一道作文题，孩子们理解不了作文题目的含义，于是我现场为孩子们写了一篇作文。

孩子们纷纷说："老师，这个不是标准答案，标题是'记一件难忘的事'，必须写在暑假期间让你难忘的事。"

我说："如果这是标准答案，那标题必须是'记暑假一件难忘的事'。可同学们又开始纠结，可我们老师说，这就是标准的呀……"

记得看过一部电影，一个数学天才的儿子遇到了数学难题，他的父亲帮他解答了题，可到了学校老师觉得错了，因为解题方法不标准。

在知识领域，我们喜欢固守地寻找标准，而非创新。久而久之，这种思维定式也成了我们生活的固有模式。

儿子三岁那年，我带他出门玩会有压力。几乎所有的人见面问我的第一句话就是，你儿子上幼儿园了吗？

我说："还没有。"

他又问："多大了？"

我继续说:"三岁了。"

于是对方非常惊讶地说:"都三岁了还不上幼儿园,赶紧上吧,别人家的孩子都在上。"孩子三岁没有去幼儿园,在他们看来像天塌了一样,觉得不可思议。

后来,孩子读幼儿园了,隔三岔五有人问:"你孩子报某某班了吗?"

我说:"没有。"

对方又说:"我看人家孩子都报了,你怎么不报呀?"

我小时候因为学习成绩不好,亲戚们笑话我长大了没出息,我的几位老师都放弃我了,但是我就是不认命,不信邪,我偏要努力活出一个人样。

我的闺蜜 25 岁那年,家里人开始不断给她介绍相亲对象,原因是她到了该结婚的年龄了,可是她那时所有精力都放在事业上,根本无暇约会。

有一个朋友在国企工作很稳定,但是赚钱太少,于是他想另谋高就,可他的父母坚决反对,认为那么多人在国企工作也没有饿死,为什么他就不可以。

我对我的学生们说,有的东西有标准答案,比如一些数学题,但写文章永远不会有标准答案,因为每个人的人生都是不同的故事书。

有一段非常励志的演讲,一个即将毕业的班级迎来了校长讲话,校长说了一大堆人生的标准流程,一个男孩站起来说,其实人们成长的节奏是一样的,但是什么年龄去做什么事情,每个人不一样。

有的人 20 岁开始创业,30 岁成为亿万富翁,40 岁就入土为安了;

有的人 50 岁才开始创业,60 岁将所有财产捐给了慈善机构;

有的人 23 岁大学毕业,40 岁出国留学,45 岁回国做了老师;

有的人 30 岁结婚,35 岁离婚,50 岁还单身;

有的人 40 岁结婚，50 岁依旧幸福美满……

千万不要用人生的"标准答案"来要求自己，因为每个人的机遇、幸福、醒悟、改变都发生在不同时段。

生命里的陌生人

深夜阅读，无人打扰，一边读，一边写，甚是享受。忽而看到了一位朋友发的朋友圈，轻轻点赞，继续生活。

以前觉得点赞之交都是陌生人，而陌生人彼此之间是没有温度的。随着年龄增长，经历的事多了，便很喜欢把一个人留在点赞之交这种范畴相处。因为你发现，无论是在现实生活中，还是在虚拟生活中，你曾经无比痴念的人，做不了朋友，连普通的路人都做不了。

这时你会想，假如两个人不曾牵手，只是点赞之交，是不是还可以观望着他的余生，从年少到白头。可事实上，你们爱得太炽热，那时恨不得通宵聊天，总觉得相见恨晚，即便时常一起吃饭、看电影，仍会觉得相处的时间太短。

没有从木头村走到石头城，你怎会知道未来的你们因为太爱对方而争执，因为彼此的不妥协、不包容，爱便像遇到了流沙一样，越用力挣扎越无助，以至于最终失去了生命。

你们的年轻与倔强无法让彼此低头去挽回，此去经年，再回首时，两人心境已变，找不回从前，也不想参与对方余生。此时不如不见，如此记忆里便没有了伤痛与难过。所以年岁大了，就很喜欢像陌生人那样相处，不与他人讨论过往，不提旧情，不忆旧事，偶尔碰面只是微微一笑，之后挥手道别，不作叨扰。偶尔，在节日里，发一个礼貌的问候；或者，看到对方朋友圈更新，默默去点赞。

有人曾说，后来你会发现，那些有过阅历的人，不会再疯狂去爱了，他们心里都装着曾经的事，曾经的人，能给你的或许是他刻意准备好的。

再后来你也发现，你过去拼命努力是为了配得上好的爱情，可是当你独自扛过了那些风吹雨打，你便没有了对情感的渴望。

你想看的电影，不用与谁商量就去看了；你想买的衣服，自己买了；你想旅行的城市，会有一些朋友陪你去。

有的爱风险太大了，很有可能爱而不得，爱而不成，还会让你失去一个可以陪伴一生的朋友，所以，想想便觉得算了。

往后起床，有人为你做好饭，喝醉，有人开车送你回家，晚上有书陪你过夜，清早又开启充实的一天。

我在想，假如时光回到从前，我一定不会和最爱的人谈恋爱，或许这样，在这个夜晚，我还可以看看他的朋友圈，默默去点赞。

时光，绝不会将我拖回过去

曾经有人问宁静：倘若可以回到年轻时，你希望回到哪一年？宁静说：我为什么要回到过去？我好不容易才活到了40岁。

那时，我只觉她太矫情，因为在多数人的心里，女人最大的资本是年轻。

因为你年轻漂亮，所以会有许多男孩愿意花时间请你吃饭，陪你逛街，甚至你可以无理由地撒娇、任性，你不开心，有人会用各种方法来取悦你……

因为年轻，200元的衣服穿在你身上比别人穿2000元的衣服都漂亮；因为年轻，你犯错误了就可以对身边的人说：对不起，我可能太年轻，缺乏经验。

但同样我发现，生命中许多迷茫与困惑也都来自于青春年少时。

因为年轻，我们缺乏与人沟通的经验和技巧。上天安排了"真命天子"，我们没有做好准备就去迎接，甚至像只自卑又胆小的刺猬，紧紧蜷缩起来，一不小心就会刺痛靠近你的人，最后对方不得不离你远去。

年轻时，我们甚至不懂得感恩。在我们最困难的时候，朋友帮了我们，我们笑着接受，却忘了感激，甚至那时我们总以为别人就应该帮助自己。30岁了，我们终于明白了这个世界从来没有谁欠谁，谁应该对谁好，那些主动伸出来的手，你一定要感恩。

成长是从无知到有知的过程，是从拥有坏习惯到改掉坏习惯的过程，是从贫穷走向富裕的过程，是从渴望被爱到努力爱人的过程。

30岁的时候，终于理解了为何年龄大的人面对爱情时那么理性，他们非常清楚生活到底需要什么。可年轻的时候我们不懂，体会不深，一味地跋山涉水，走遍万水千山寻求真爱，一门心思希望用找到了好归宿让人生圆满。事实上，残缺才是人生最真实的样子。

我不愿意回到过去任何一年，虽说曾经我对梦想有清晰的规划，但事实上，我从没有意识到生活中有许多烦恼来自格局太小，太贫穷，太软弱。

强大的人，不会孤独，只会孤单。

许多人以为遇到真爱就不会孤独了，可越是爱一个人越缺乏安全感，对方的举手投足，一个微笑，一句不经意的话都会让我们揣测半天。

不够强大的时候，爱人就像一个影子，越渴望抓住越是徒劳无功。

但走过成长这条必经之路，你终于明白外界对你的尊重往往来自于你对事业的付出，也终于不再把找到一个好先生当成人生的终极目标。

30岁这一年，我创立了自己的服装、首饰品牌，创立了自己的女性培训品牌，注册成立了自己的文化公司，此时，我才开始懂得职业的重要性。

我似乎再也不会因为一句"天冷了，记得穿厚一点儿"而感动。

因为我明白了：有的问候，那个人不是只说给你一个人听，或许他把爱同时分给了五个人；有的人，他追了五年都没有追到，而你却被他一句惯用的问候而感动，做了他的女朋友。

有的女孩不懂，为什么她不图金钱，不图物质，唯有柏拉图式的纯粹，却反而不被珍惜，不被尊重。那是因为，你是他不需要任何付出就追到手的女孩，他使用追你所付出的精力与金钱，间接地判断了你的价值。

女孩最纯洁、珍贵之处便是年轻时的天真无邪，不考虑物质，不计较爱恨得失。可是现实不眷顾太过单纯的人，那些没有被花心思追求就已经成了别人女朋友的人，那些不计较是否被放在心上依然陪着对方过余生的人，那些渴望把爱情和婚姻都过得单纯的人，大部分都伤痕累累。

30岁，我学会了把喜欢的人放在心里，而不是挂在嘴上；把痛苦消化掉，而不是说给别人；把解决不了的问题通过请教老师帮助，自己查阅资料解决，而不是逃避；把贫穷归结于自己不够努力，没有掌握赚钱的方法，而不是责怪社会残酷无情。

30岁，我宣告与这个世界和解，我开始接纳残酷与现实，接纳贫富差异，接纳阶层，接纳经济基础决定上层建筑，接纳这个世界并不是掌握在最有才学的人手里，但一定掌握在智者手里。

许多人一生行走得过于平坦，没有经历攀登高山与跌入山谷，人生体悟也很简单，但是倘若你每天过着攀爬式的生活，便会发现不同的阶段，站在山的不同高度也会有不一样的心境。

如果一个人即将登至山顶，他怎么愿意回到山下呢？反而是生活过于平顺的人，总是渴望回到过去，因为如果可以回到过去，有的事他要做，有的人他要道别，有的情或许他也不想辜负……

最终是否愿意被时光拖回过去，取决于你是否认真年轻过。

月薪 2000 元的时候，我在做什么

我曾经在单位的基层岗位工作过几年。一开始在施工一线搅拌站开混凝土配合比单据。施工企业没有周末，一年 365 天，只要天不冷，工程就一直在进行。

两年后，我又成了这家企业的库房保管员，工作相比在施工一线时稳定了许多，也有了周末，但与此同时我的薪水也降低了。每个月底工资扣完五险一金，交完房租、水电费后，基本囊中羞涩，令我难以置信的是，与我一样月薪 2000 元的还有许多上有老、下有小的年轻人。

那时我很好奇，月薪 2000 元的人是如何养家糊口，养自己的奥迪车的。后来我才知道，他们基本不用养家，因为家由他们的父母养着，他们养自己就够了，连他们开的车子可能都是父母在养。

我不太喜欢做啃老族，觉得啃得不理直气壮，而且还容易被戳脊梁骨。

有段时间，我跟恩师许老师抱怨自己生活条件太艰苦，工资太低，如果连续两个月不发工资，我会发疯。

许老师是我年轻时最早碰到的为我指点迷津的导师，他回我信息说：

丫头，在私企有一些免费实习生，他们刚步入社会工作时没有工资拿，有的年轻人干几天就走了，觉得太累，有的年轻人却很乐意，为什么？

我随手回复：他们傻呗。

许老师说：他们把免费实习当成了免费学习。一个老板免费给你学习的机会，不收你学费，允许你在他的公司积累工作经验，你开心吗？

我一听，这样想的话，我还是一个月拿着 2000 块工资学习的人，有什么不开心的呢？

从此以后，我每天清点螺纹钢筋，抱着磅秤发钢板觉得很轻松。工作干完以后，其他同事喝茶、闲聊，我就捧着几本经典散文集开始抄写里面的段落、词语。再后来我买了参加成人高考需要的复习资料，每天中午吃过饭，我就来公司复习要考试的材料，之后我顺利考上了西安文理学院的汉语言文学专业，每个周末去听课。

那个时候，企业的领导年薪 10 万元，处于基层的我们，每个人都有一个年薪 10 万的梦。我 25 岁之前一直在想，如果我这辈子可以成为一个年薪 10 万的人，就很了不起了。

如今我 30 岁，没有经历过年薪 10 万的阶段，从年收入 5 万，到 20 万，再到如今稿费与自媒体讲课费收入超过 50 万。

月薪 2000 元的阶段，最喜欢吃火锅的我，不舍得吃火锅，觉得太贵消费不起，夏天 40℃ 高温时，也不舍得一直开空调，怕浪费电……

如今想来，那时我唯一没有节约的就是对学习的投资。我报名学习陈清贫老师的写作班。那时西安文理学院的学费对于我来说也很昂贵，可我仍然坚持学习。与写作有关的书我买来很多。凡是单位的写作培训我都参加。宣传部文笔好的同事，我都称为老师，并向他们请教学习……

古人说，书中自有千钟粟，书中自有黄金屋，书中自有颜如玉。大部分人觉得读书来钱太慢，就选择了放弃，想走捷径，如做微商，结果发现做微商没有文采，朋友圈的广告每发一次，就被一批人拉黑。

阅读不仅可以增长见识，同时可以提高人们的审美认知。长期阅读和写作的人，他们对物品有很好的鉴赏力，一根枯枝，稍作改造，插入花瓶就是装饰品，一串佛珠，配上一段文字，瞬间有了人间仙境的感觉。

商人做生意，离不开对产品的审美能力，离不开对物品的推广方案，而会写文章的人懂得如何通过文字表达情感与思想，懂得如何运用文字打动人心，引起共鸣。

有人开玩笑说，这世界上最大的骗局就是钻石代表永恒，可所有喜欢钻石的人，都对此坚信不疑。

人终究是要有精神寄托的。但许多做生意的人，意识不到阅读的重要性，意识不到写作的重要性，只是简单粗暴地吆喝，当然很难看到成效。

我很庆幸在我的写作班里，依然有一些月薪2000却依然坚持在努力学习写作的人，他们都有工作要做，却愿意每周挤出2个小时的时间学习写作，因为他们知道应对这个瞬息万变的世界，唯一的办法就是不断学习和突破自己。

有时我想，如果年轻时我没有听许老师给我的建议，除了抱怨薪水低，就是学别人啃老，那么今天的我，还能在母亲生病住院的时候，第一时间去缴住院费吗？能担得起一家人生活的重担吗？

学习不仅是一个人精神的需要，同样是在这个物欲横流的社会，生活保障的需要。

我庆幸报考学习了汉语言文学专业，报名参加了陈清贫老师的写作班，庆幸自己花了十年时间，用阅读与写作改变了命运。

生活语录

1.人们应该多阅读，不是为了成为作家，而是遇到困难时，不做井底之蛙。

2.有的人，对生活有各种想法，认为自己有思想。

所谓有思想，是一个人对当下社会环境能做出正确判断，能预测未来二十年的发展变化，同时又能对生活、对人性有超前的见解。

人们在点蜡烛生活的时代，如果每天只想怎样节约使用蜡烛，不会发明电灯、电话。

人的创造力，一部分来自于想象力，人类的发展和进化离不开想象力与创造力。我们要摒弃单纯灌输给孩子笼统的理论知识的做法，增加对理论的实践讨论和验证的教育。

3.理解生命的真谛，懂得生命短暂的人，才会更加珍惜感情。

我一直在不断探索人的情感的多样化、变动性。

大部分人是害怕被人拿来研究的，更不愿意和研究人性的人近距离相处，因为他们会找出来各种理由，说这个人有问题，或者无聊，但是有一点他们不愿意承认，那就是大部分人一生从不正视自己。

事实上，人类自身的情感世界，就像一棵有根的大树，所有的分权都有因果，只是大部分人不去思考，也不做研究。

许多人选择恋人、婚姻时很盲目，自以为遇到了一个看起来合适的人，结婚了，却越来越不开心。

大部分人半生的烦恼来自家庭，但是没有人去思考原因。

人们觉得生活是无解的，经营婚姻不需要方法，不需要技巧，在毫无经验的情况下，也不学习，凭借一开始的浓烈的爱情和冲动，让感情发生一系列演变。

的确，感情无法像数学题一样有标准答案，但是一定会有比较智慧和适合自己的答案。

4. 爱着一个人的时候，千万不要去评价他的好坏，因为这个时候，你失去了理性，给他添加了诸如"全世界最好的男人"之类的标签。

等爱过了，回归理性了，回头去看他在爱情中所做的事和选择，这个时候，你才足够清醒，对一个人的好坏有准确判断。

女人在热恋中，简直就是傻子，无论过去多么尊贵、优雅、矜持，遇到让自己心动的那个人，瞬间就变成傻二妮了，所有的原则、底线、身段，都消失得无影无踪……

5. 很多人通过文章告诉人们远离什么样的人，就好像优秀是天生的一样。

优秀的人，可能一开始一无所知，一无所有。他们之所以优秀，是因为他们看到了自己的无知，甚至为不好的教养，以及无学识的人生付出了太大的代价。为了余生不被人排挤，不受人冷落，他们开始努力蜕变，最终才成为你喜欢的、羡慕的、尊重的样子。

所以希望大家不要总是告诉别人远离谁，把我们蜕变的经历分享给大家，让每个人都优秀和强大起来，不是更好吗？

6. 许多人对孩子的爱很奇怪，特别是那些离异家庭，总有人说，别做傻子了，无论你怎么疼爱这个孩子，将来他都会去找他亲爹。

我觉得这种思想特别可悲，仿佛你照顾一个孩子，为的就是不让他认自己的父亲，或者永远与他不再见面。

7. 什么是爱呢？

大概一些人一开始就误解了，认为养儿可以防老，不仅如此，还觉得自己曾经怎样为孩子付出，等老了，孩子必须以同样的方式回报自己。

其实孩子回报父母，本身是没有错的，可是一部分人的痛苦在于，他们在抚养孩子的过程中，总觉得孩子是来讨债的，他们每天都有怨气，有怨恨。

人与人之间最珍贵的情感是陪伴。你看着他奔跑、成长，这就是最大的幸福，你牵着他的手走过春夏秋冬，这就是幸福。

我非常不理解那些用孩子威胁另一半的人，一个人的格局与怨念影响的是孩子，与他人有什么关系呢？

无论生还是养，孩子都是被动的，因为是我们选择了他的到来，是我们破坏了整个家庭，导致他单亲，为什么后来却依旧要用自己的无能去惩罚他呢？

不孝产生的原因有多种。一种是父母太过溺爱，把孩子在家庭中的地位看得很高，导致孩子长大了不尊重父母。这不怪孩子，因为父母一开始就没有告诉孩子什么是长辈，什么是晚辈，晚辈如何与长辈相处。许多父母把自己活成了晚辈，让孩子活成了长辈，使自己的父母活成了孙辈。在孩子面前数落老人，在孩子眼里，老人就是用来数落的，后来自己也被孩子数落。

还有一种是父母在争吵不休中，带着恨抚养孩子，每天各种诅咒，各种咒怨，这种环境下孩子长大了，没有孝心和善心。不善良、不懂得为孩子付出的父母，又怎么会培养出有爱心的孩子呢？

为人父母要付出，也要让孩子懂得没有谁应该为他付出，要让他第

176

一次试图不尊重你的时候，告诉他，对于父母，应该是怎么样的态度。

许多父母一生都在用错误的方式教导孩子，他们不学习，不进步，不懂得改正错误，不完善自己，用错误的三观，培养出了一个惹人厌的孩子。

父母给孩子最好的礼物是给孩子树立正确的三观，给自己最好的礼物是教会孩子懂得尊敬长辈。

女人最高贵的阶段，始于孕育新生命。此时的女人，为了孕育生命，体态发生了变化；为了照顾新生命，容颜发生了变化；为了养育幼体生命，无论曾经觉得谈钱多庸俗，此刻都会放低身段，为了孩子去努力拼一把。

女人为人母之前，大部分活在对爱的需求阶段，还不懂得如何输出感情，而十月怀胎就是让情感蜕变的一个过程。一旦幼体降临，多数女人会放下身段，放弃自身形象，一心扑在孩子身上，抚育孩子成长。

事实证明：生养孩子让女人的身体和精力，甚至记忆力减退；而父亲这个身份却让男人一夜之间成熟，且多了一丝魅力。

有的女性害怕结婚，害怕生孩子，是因为太多的人忽略了母性的光辉与美，一些丈夫宁可每天拿着手机看整形医院出来的锥子脸，也不愿体谅和善待身边为自己奉献与牺牲的妻子。

8.努力的意义是什么？

优秀的人不一定幸福，但是优秀的人一定比普通人多了许多选择权。他们可以选择和谁谈恋爱；他们可以选择孩子读国内的学校，还是去国外的学校就读；父母生病后，他们可以选择住哪个医院；他们可以选择去马尔代夫，还是去土耳其旅行。

很多人说，就算不努力，我也有选择权。

其实不努力，更多的是被生活选择，被工作选择……

有的人怨气很重，不是心态不好，而是因为生活给他们的选择权太少，因为被迫，因为无奈，因为没有权利选择，所以生活中看不到希望。

有的人说自己卖了一辈子鱼，还是没有富裕起来，那你试试调查市场需求，开通网上业务，或再试试卖鱼干，实在不行就开鱼塘农家乐。如果不变通，只是死等，不就是等死吗？

做生意，要学精手艺，还要谋求发展，你吃得起苦，才能有突破。

如果你不变通，一辈子死守，别说一万小时定律，过了两万小时，你还在领取低保。

一位阳朔老奶奶的工作是介绍游客在景区照相。遇到老外怎么办？为了不失去客源，她开始学英语。

她浑身上下没有一个地方看起来和英语搭边，但是她在抖音里用英语给外国小哥哥介绍照相怎么收费，感动了许多人。

许多人过了五十岁就特别喜欢找借口："都老了，学什么学！"

那你应该感谢你有一个可以干到退休的工作单位，你有一个孝顺的孩子，你有一个陪伴你的老伴。

人老了以后的生活水平和质量，都是年轻的时候奋斗的结果。

你大包大揽，没有教会孩子照顾你，那么注定你老了，只能自己继续照顾自己。

你年轻的时候不够努力，老了以后很难让孩子对你保持尊重。

不是所有的苦都能换来成功，但是如果有智慧地吃苦，可以改变人生。

9. 夸赞一个人是要对这个人负责任的，这意味着你不会在背后诽谤和污蔑他，意味着你在遇到更喜欢的人时依旧尊重他，意味着你真心感受到了他在某些地方让你喜欢。

赞美是你对一个人的能力、品德，或者某种才华的认可，千万不要有所企图地去夸赞一个人，因为等你"图"完了就忘了人家，或者就抹黑人家，这样一定会被人厌弃。

10. 我特别喜欢上了年纪还练书法和看书的人，他们甚至隔三岔五去爬山、去旅游。但是许多老人害怕晚年孤独，主动照顾孙辈，说到底，他们到离开这个世界之前，没有为自己好好活一天。他们好像也不去思考生命的价值和意义，觉得生活不管怎样都是过，都无所谓。

11. 飞机在高空飞翔的时候，我经常会想，有一天，面对人生，我真的就像飞在高空上一样，所有的事我都没有机会再去参与，未来的世界无论多么精彩我都没有机会去观望，想到这里，我总觉得生命太短。

很多人是感受不到生命短暂的，有人为了省五毛钱花一个小时在菜市场讨价还价，最后却从医院花几万元维持几天时间。

如果生命不重要，为什么那么多人给医院送钱？如果生命重要，又有多少人真正重视过它？

人一定要吃一些苦，这就像曾经你只是埋在土壤里的种子，你想看到外面的世界就要破土而出，你想看到更远的风景就要努力长成参天大树。

当你经历风雨，深深扎根在土地上，你再长高，也不惧怕风雨将你击垮。

一个人就像一棵树，你之所以会倒下，是因为还不够强大。

12. 每个人都有三个世界：眼睛、脑袋、心灵。

知识进了脑袋，爱进了心灵，而眼睛所看到的世界是脑袋和心灵的综合感知——你看到的世界的样子，体现了你知识的深度和爱的广度。

13. 人生没有回头路，走过的路都已经消失，面前的和未来的路才是我们真正要面对的、要去走的。

看待生命，不要只看它的总长度，还要看剩余的长度和你渴望拥有的宽度，只有这样，你才会活得认真，不辜负自己。

如今的我，真的要感谢曾经的自己。俞敏洪老师的书能让人产生强大共鸣，而且也总能激发我对教育的思考。

一些目光短浅的人，只鼓励和表扬考试前 10 名的孩子，在他们看来，只有这些孩子，才是有前途、有未来的人。

我曾经有一次几何成绩考了 19 分，老师说："你这种人，能有什么未来，高中都考不上。"

的确，我勉强读完了高中，后来步入社会，我格外拼命，用了 10 年的努力，只是想证明给所有人看：我这种人，品质不差，乐观，开朗，积极上进，凭什么没有未来？我要改变自己的命运。

所以这些年来，我一直坚持从中国传统文化教学开始，希望能培养很多有责任感的写作者。扶正人心，先要扶正文化教育，这才是写作与教学的根本目的。

天性使然，每个孩子都向往伟大。如果不是学生时代读了许多书，我依旧不敢告诉自己，我希望自己成为一个了不起的人。

因为在大多数国人的思维里，承认自己渴望伟大，是会被嘲笑、嘲讽的。在他们眼里，伟大是属于先贤的。

这是自卑教育，不是自谦教育。

自谦是学生与教师互相认可其优秀的品质，以及内在的潜质，只是

180

过于内敛，不张扬，依旧坚守与努力。

自卑是我们从不鼓励孩子伟大，也不认可孩子会伟大。

现在大多数人的教育理念，始终围绕四个字："分数"和"金钱"。学生阶段追求分数，成年后追求金钱。

孩子从小向往大自然被看作不务正业，成年后渴望旅行被视为烧钱。

14. 我们都很无趣，真的。

有人说，媒体人的一生都在做两件事：挖掘新闻和消灭新闻。

在某个人当红、成功、在位时费尽心机去挖新闻，绞尽脑汁放大这个人的闪光点。可是一旦此人遭遇波折、逆境或失势时，所有媒体人都在拼命毁灭这些曾经带有自己名字的新闻，以保全自己。

15. 我非常感谢生命里的众多辛苦、不幸和缺点。

几年前，我一直不明白为什么我的同学出生在城市，我却在山路十八弯的偏远山村长大。等我在城市生活多年后发现，我的文字有根，它扎在我家乡的土壤里。

我读初中的时候特别害怕别人问我家在哪里，因为一旦说在农村，就会被很多人瞧不起。

可是现在我每次回答农村的时候，别人会说："哎呀，太了不起了，一个农村女孩能这么励志、这么优秀，而且还没有读过大学就能写出这么好的东西。"

你不断地努力提升自己，连曾经被人嘲笑的一切，最终都能成为光环。人就是这么奇怪。

写作的时候，我能写出味道的，还是我曾经在乡下的生活。令我迄今难以忘记的，还是小时候把辣椒面当早餐吃的时光。

在不高尚的人眼里，高尚的人都在装，他们不仅不承认别人的高尚，还要讽刺一句：有本事你就免费帮所有人做事。

在高尚的人眼里，他只做自己应该做的事，所有的质疑都无所谓。

一位朋友说现在有人加好友都需要收费了，而且还告诉我，以后谁加我好友，也可以收费，毕竟我朋友圈每天会更新一些有意义的文章。

我是这么理解的，如果我经济不是特别紧张，我就不打算把一切经济化，因为我创作的根本目的是给人们一些希望与启发，如果顺便能改变一些人的命运，就是最大的福利和奖赏。

人以个体到来，并且我也时常以个体独拼，但最终我属于这个群体，我占用了氧气、水、电，以及国家给我的安全感，我有义务回报和回赠一部分。

如果每个人心里都装着计算器生活，那终有一天，我们人与人的情感交流会变成无趣的程序互动。

16. 你不是配不上更好的生活，你只是不相信你会拥有更好的人生。

他说："妈妈，你有被子吗？"

我问："怎么了？"

他坐起来，为我小心翼翼地盖着被子，一边盖一边说："我不想你感冒。"

为我盖好被子，他又给自己拉了一条被子盖好，之后他转过身睡觉了。

他或许还不知道，今天我先去超市买了一个白色塑料盒，接着去药店买了烫伤膏、感冒药、纱布、退烧药、肚脐贴、花露水等。我要和他短暂分别几天。

我们几乎每天都生活在一起，他习惯了我的陪伴，短暂的分开他会很难过，很不舒服。

可是，孩子，更多的时候，我希望你能感受到父亲的陪伴，以及让你从小知道你还有爷爷奶奶的爱。

你拥有各种爱，你被爱簇拥着，我希望你长大后，能像有光热的太阳去温暖与感染他人。

如果活着，只为了自己活得滋润，那么生命便少了分量。拥有爱，才有能力去爱别人。

17. 用胶原蛋白换来的赞，可以停留多久？

如果你希望是一辈子，30 岁之前老天赏给你好身材、好容貌，30 岁以后，请自觉保养，自觉管理身材。

50 岁的时候，为你人生点赞的人，不再看你的胶原蛋白，而是人生的节奏和章法，你的气场、你的健康、你的家庭、你的事业融为一体，为你赢得漂亮的一生。

在朋友圈看到一句话：投资越多收获越多的是梦想，投入越多收获越少的是爱情。

在我们拥有青春的年纪，努力去为人生增值，这样未来的爱情，才有更多的可能性和可选性。

倘若前行，我给你力量；倘若飞翔，我给你翅膀；倘若你的人生遇到了沼泽，请咬紧牙关，挺过去，未来就在远方。

当你拥有了虚头巴脑的名气，当你拥有了一定的金钱和社会地位，你会明白，女人最终的幸福感来源于家庭。

当代社会总是倡导女性经济独立、精神独立，婚姻让两个合作伙伴分成个体，从此婚姻里少了黏合度和默契。

女人的独立，男人的忙碌，所有的改变带来的是人们更多的精神孤独，而我们的孩子就是带着孤独感成长的。

18. 如果你改变不了一个人，就试着去接受他；如果你接受不了一个人，就努力放弃。

恋爱的两个人，决定是不是分手，看思想和格局。

那些你认为不合适的人，都会遇见喜欢他们的人。

未来愿我们都可以对彼此送上祝福。如果有的爱在一起注定是一场伤害，微笑着祝福彼此也是一种幸福。

生如夏花。

年龄到底是什么？

珍惜时间，忘记年龄，这是我的生活准则。

19. 前几天拍了在家练琴的图，有读者说现在学太晚了。我说，想到我 50 岁才去音乐厅演奏，如今不到 30 岁，我还有 20 多年时间努力，怎么会晚呢？

有一些人到了中年害怕扎堆，明明自己心态年轻，喜欢比较有活力、新鲜的活动，却不敢尝试，怕被人说老了。

有人说女明星在跳广场舞的年龄却活成了少女，其实我觉得最大的秘诀不过就是忘记年龄。

女人负担越重，脾气越差，女人味就越淡，原因是你向生活"撒泼"，生活并不会纵容你，它会"教训"你。

可是女人的可爱之处就是要学会对生活撒娇，无论 60 岁，还是 80 岁，你永远是女人。温柔似水，是你的专利。

今天儿子对我说："妈妈，我觉得你有的时候好凶，不温柔。"

我说："有时太累了，但是我一直爱你。"

可是反省自己，生活越累，我们越像钢铁侠，疼爱我们的人也会越来越习惯地看着我们自己拼命。

20. 进了健身房感触很多。在这里你可以看到同样的群体，他们忘记了自己在单位的身份，忘记了自己的年龄，所有的人只有一个身份。

以前总觉得好身材是天生的，可是看到很多女孩为了练习马甲线在健身房忍痛坚持，便觉得每一份美都值得被尊重。

真正的好身材，是靠锻炼、塑形练出来的。很多人年轻时肤色和身材很好，可是随着时光的消磨，慢慢少了活力，气质也变了。

作为一个长期伏案工作的人，最重要的是让自己健康起来。所以我选择了把业余时间交给健身房，希望在这种氛围带动下，长期坚持锻炼。

身体曾帮我熬夜写作实现梦想，如今我也该好好善待它，让它更长久地在这个世界上陪伴家人。

21. 得罪一个人，需要代价。

自媒体时代，是一个很好的时代。

这个时代，每个人都有自己的舞台，都有相应的支持者、欣赏者。

我读过一篇文章，标题是《我现在努力，就是为了十年后不和你在一起吃饭》。

现在是互联网时代，不拼爹，也不拼学历，也不需要你必须出卖色相讨好别人，就能糊口。

我之所以选择依托互联网平台做事情，就是因为在这个地方，我不需要阿谀逢迎就能保住工作；这个地方，让我远离了争斗，可以不用陪那些看不惯的人吃饭、喝酒、打麻将。

为什么选择离开那些不把能力当回事的单位呢？

因为我们知道这种单位不会走得很长远。

姑娘，你为什么努力呢?

我告诉你吧! 为了不送礼求人，不委曲求全也能养得起你最爱的家人!

22. 依赖噪声而生存。

一个人写作太久，累到无力时，如果选择停下来发呆，思考问题。这时孤独感会像病菌一样蔓延到房间的每一个角落。

为了能够安静地创作，往往不愿意让人来家里做客，也自动放弃了加入各种圈子的机会。久而久之，生命和我的关系，就像一望无际的海面，点缀着稀疏的星空，而有一个人就在四面环海的孤岛上，每天呼吸。

有一天，忽然静下心来去看周围人的生活：篝火晚会、啤酒、音乐、露天电影、爱情、婚姻、争吵、幸福……

喜欢生活简单的人，大部分人选择了孤独；而喜欢热闹的人，都不得不在矛盾和烦琐中争斗。

我甚至难以猜想，那些每天依赖噪声的人，如果一旦环境安静下来，我想他们一定恐慌极了。

电视成了精神孤独者的伴侣，无论节目是否丰富、有趣，无论是不断重复出现的、没有新意的广告，还是没有任何营养的肥皂剧，综艺……

夜幕降临，一颗颗惧怕孤独的心，慢慢悠悠走出家门，坐在廉价的，没有凉风的烧烤摊位，听着素不相识的邻桌聊着各种故事，或者是一些女人聊着家庭……

车水马龙，人来人往，炒菜锅和铲子的碰撞声，商贩的吆喝声，孩童的啼哭声……

这些声音，在那一刻可以填补一个孤独者的心。

那一秒钟，你忘记了自己生活在孤岛上，也忘记了人会死亡，你忘记了下一秒钟依旧要远离喧嚣，与孤独相伴。

人们为了疗伤，为了赶走寂寞接触噪声，有人就爱上了噪声，各种各样的，如果声音不够，人们还会选择去慢摇吧。在那里即便两个人嘶吼起来，也很难听到。人声鼎沸，酒精麻醉，那些人来这里忘记孤独。

23. 你知道人最幸福的阶段是什么时候？

就是上有老下有小的时候。

我跟妹妹说，或许再过十年二十年，即使我事业比现在成功，却一定不比现在快乐。

她问，为什么？

我说，因为现在我的父母还健在，我也有了孩子。这是一个最完美的阶段，我可以被我的父母唠叨和宠爱，我也可以唠叨我的孩子，宠爱他。

我可以做母亲，也能做女儿，这是人生的黄金阶段。

知道有一天我们都要离世，这是第一个真相。

第二个真相是明知道我们都会死亡，余生还不一定能如愿以偿。

第三个真相就是，无论是幸福还是痛苦，我们都不能放弃生命，无论活着是否有意义，我们都要努力活下去。

24. 互相体谅的前提是，你不没事找事。

《爱情保卫战》中有这样一对夫妻，一个在外辛苦工作的男人回到家里做了甩手掌柜，并嘲笑自己的妻子连孩子都不会带。孩子生病后，男人不是协助妻子照顾孩子，而是责怪女人无能，带不好孩子。

在外工作太累，回家就发脾气，如果你生活中遇到了这样的男人，千万不要被他那句"我为了这个家多累，你帮我做饭怎么了？你一个人带孩子怎么了"而洗脑。

请你一定掷地有声地告诉他：你的疲惫与辛苦，我理解，但是哪个男人不累呢？请你不要把工作带来的疲惫感，发泄给一个每天辛苦照顾孩子的女人，她的累，你永远体会不到。

25. 这么多年，我们放弃喧嚣，远离吵闹，选择独处，除了喜欢，还有就是不太想接触人性。

面对感情，我们谁也不比谁坚强。陌生人肆无忌惮地伤害你，你不在意，但是闺蜜这个词是时间帮着投入了感情和信任的，所以请一定不要以闺蜜的角色，去伤害信任你的人。

有三个人，身无分文，一起出门旅行。

其中一个人说，咱们一路上乞讨，一定会有好心人施舍给我们财物。

第二个人说，不要担心，我会画石头画，一路上我一边捡石头，一边画了卖钱。

最后一个人觉得乞讨丢人，画石头画他不会，于是他就想是否有人愿意听他讲故事——一些成功的名人的成长经历。

乞讨的人赚到了钱，画石头画的人赚到了钱，讲故事的人也赚到了钱。

第一个人赚到了500，可以买一张普通快速火车票。

第二个人赚到了1000，可以买一张高铁票。

第三个人赚到了5000，可以买一张飞机票。

他们相约坐不同的交通工具，去集合地。

2个小时后，坐飞机的人率先抵达，并等候其他两个人。可是他等了5个小时，其他两个人都没有来，他只好走了。

坐高铁的人来了以后，又开始等。可是他等了 10 个小时，坐普通快速火车的人还没有来，他也走了。

坐普通快速火车的人 15 个小时以后终于到了，可是他的朋友们都走了，于是他只好一个人旅行。

这时他在路上遇到了和他一样乞讨的人，他加入了这支队伍。

画石头画的人，看到了弹吉他的，唱民谣的，他们走到了一起。

而坐飞机的人，他一路上没有碰到朋友，只好独自前行。但是，在他的身后跟随着无数人，他们把这个人，当作自己人生的标杆。

普通人决定是否在一起，看的是脸蛋、工作和父母，而成功的人决定是否在一起，看的是思想、格局、社会地位。

有人曾说，不要试图叫醒一个装睡的人。明白这个道理后你会发现，你不需要和不同世界的人争执太多，非常简单，选择离开就可以。

年轻的时候，我遇到了一个不珍惜时间的男孩。每天我忙着找学校，拜师学艺，他忙着玩电脑游戏。

我们学历都不高，所以我希望他能进行学历和技能提升，可是他喜欢安逸的生活。关于时间如何利用，我经常会给他讲道理，可是他觉得我在制造矛盾。

时间长了，我对他失去了信心，也放弃了继续改造他的行动，而是每天专注地学习和提升自己。

后来我们之间没有了可以交流的话题，我便提出分手，离开了。

许多年后，回忆起来，我庆幸自己没有变成一个不珍惜时间的人。

世界上，任何人的梦想都需要通过时间来实现，如果一个人不懂得规划和珍惜时间，这个人以后不会太有作为，也不会真正成功。

26. 你知道爱情吗？

什么样的人对于爱人不挑选，只凑合？

一个人如果相貌普通，能力一般，就只能被人选择，而没有选择别人的机会。

一个人如果非常优秀，有许多人喜欢他，想做他女朋友的人会很多，他可以选择谁才是更适合他的那个女孩。

如果你选择一个优秀的男人结婚，你还会想和一个每天把时间用来找不同女孩搞暧昧，没有梦想，不喜欢学习和提升自己的人结婚吗？

27. 大部分人想要的婚姻其实就是陪伴和体谅，可最后发现自己得到的只是孤独与争吵。

28. "世界"这个词，应该不只是具象的人们构建的外部结构，世界也可以以文化背景分层。

比如，目睹自己的孩子被日军的刺刀砍杀，恨不得用牙齿嚼碎了日寇，看着自己的姑娘被日本人拉去做慰安妇而手无寸铁的老百姓，只能仰天祈求老天开眼。

生活在动荡不安的时代的人，他们有自己的世界，以血亲为纽带一代一代延续，虽然延续着生命，但是其实世界与世界是分开的。

祖辈生活在战争的时代。

父辈生活在闹饥荒的时代。

我生活的时代是和平小康的时代。

孩子生活的时代是全面复兴的时代。

我们与父母共同存在于外部世界，但是在成长的时代背景与环境上，他们是缺乏安全感，渴望温饱和稳定的一代人，而我们是渴望自由和独立的一代人。

作家应该像鲁迅先生一样有社会责任感、民族荣辱观，做一个时代真正的笔杆子，记录、创作、思考时代的变迁。

有的时候我会想，我们的孩子若干年后要读这个时代的历史，应该读什么书呢？这个时代的真相会记录在哪里呢？童话故事里？影视作品里？总之许多年后通过文学作品，他们可以拼凑当下这个时代。

29. 有时我会想，生命到底是一部每天都在连载的长篇小说，还是一本每篇独立存在的散文集。

过去，我以为生命是一本厚重、情感真挚、思想深刻的经典小说。需要人阅读的不只是已经完成的章节，还希望整本书画上句号若干年后，依然有人记得它。

可是经历过太多事情，就会格外珍惜每一天，也不敢总是把幸福邮寄到未来。

什么才是快乐呢？

水中月是天上月，眼前人是心上人。

过好当下，快乐地把每一天当作一篇散文书写完。至于明天会是什么样子，或许只能笑着迎接它的到来。

30. 所谓市场需求，也是人性需求。

生存压力大，父母工作忙，未来十年除了教育机构，可能会衍生出第三方家庭式陪护教育。

现在的孩子并没有我们想象的那么幸福。时常在我忙碌的时候，孩子一个人玩着玩具，不知何时已经悄然入睡。

早上路过包子店，看到一家人忙碌的身影，孩子坐在街道边一个凉亭下玩着手机，顿时感觉心酸。

我们都是忙于生计的普通人，很多时候没有办法给孩子更好的家庭教育和陪伴。

从米线店老板的孩子，到包子店老板的孩子，他们的父母晚上都没有时间给孩子讲故事。

然而孩子的童年离不开阅读和故事，他们对这个世界充满了好奇。

父母讲故事给孩子听，讲的不只是故事，还有孩子和父母之间情感的传递与沟通。

很多父母在孩子很小的时候不关注他们的内心变化，到了孩子叛逆期开始抱怨读不懂孩子，其实成长的变化是微妙的，只有静下心来才能感受到。

对于这些缺少陪伴的孩子，我更多地希望有一个家庭式故事绘本馆，有人每天教孩子阅读，从小培养孩子的认知能力和理解能力。

31. 有的男人 25 岁的时候风流倜傥，52 岁的时候老气横秋。

有的男人 25 岁的时候穷酸土气，52 岁的时候容光焕发。

懂得规划和经营自己的人，事业走上坡路，气质和形象也是。

不懂管理和经营自己的人，停滞不前，形象和事业最后也毫无起色。

32. 以前有人开玩笑说：你觉得自己最漂亮的时候是哪一天？

我说就是失恋的那一天。

别人问，失恋那天，难道不是蓬头垢面，或者痛哭绝食吗？

我说，我绝对不会允许自己在那一刻垮掉。如果一段感情你觉得不太合适，想要放弃的时候，理性来说是做了正确的选择，虽然感性上依旧会不太舒服。

为了让自己的生活尽快步入正轨，首先要重新规划生活。有好几个女读者跟我聊天的时候说自己因为一段感情得了抑郁症，我非常费解。

因为感情得抑郁症，一定是独自疗伤的那类人。

正确的做法是去健身房，每天挥汗如雨，约朋友们把平时不舍得吃的都去吃一次，去理发店做一个漂亮的造型，买一些平时舍不得买的衣服，有条件的话报一个游泳班。

千万不要一个人去旅行，因为可能你一路上都在想，如果这样的美景有他在多好，如果再遇到一点危险，你就更觉得，如果他在一定不会这样。

失恋以后，一定要努力让自己每天活得好看，也过得充实。

一个月后，你会习惯从拥有到失去，痛苦慢慢消失，你也成长了一次。

33. 什么样的女孩最容易嫁错人？

答案是缺钱，更缺爱的人。缺钱，让一个女孩缺少学习的机会，缺乏格局。缺爱则让一个女孩非常容易陷入一段感情中，因为她渴望被爱，渴望被关怀。所以人渣也好，善人也罢，凡用心骗过她，爱过她的人，她都会无法自拔。

第二种人是成长环境中不自信的女孩。有的女孩很漂亮，但是没气质，因为从小生活在不被他人认可的环境里，所以缺乏自信，气质提不出来。这种女孩，在恋爱的时候比较盲目，对自己定位不准确，对另一半也不敢有很高的要求。

第三种人是太善良的女孩。有一种女孩过于善良，她甚至把对一个人的同情都理解为自己爱那个人，所以她不嫌弃一个一生不求上进的人，她愿意将就、凑合，愿意妥协，但是她根本不考虑这种不挑剔的态度导致自己的生活不精彩、不出众、不精致。

34. 漂亮是一张短时间吸引人的画，而优秀可以赢得人们一辈子的尊重和欣赏。我从不在 20 岁的年纪去和许多男孩搞暧昧，因为我知道 30 岁以后我需要什么样的生活，也知道 50 岁以后，我会成为什么样的人。

童年，我相信有灰姑娘，有王子。

少年，我开始明白，那只是童话。

青年，我相信未来很美好，一生很幸福。

中年，我开始面对生活，懂得妥协和顺从。

你所改变的是生活质量，却并不是生活。因为大部分人的生活都是平凡的，孤独的。

面对生活的本质，我们需要很大的勇气。

孤独会让我们身边吹过的风变得苦涩。回首走过的这些路，大部分是一个人的回忆，一个人的日子。

有时回忆起多年前曾经朝思暮想、无限痴迷的人，再也理解不了那时为什么会喜欢那个人，为什么愿意幻想与那个人的未来。

上帝是先知，他知道什么适合你，什么会属于你，在你非常努力去挽留不该停留的人的时候，上帝在旁观你的生活。当你回望来时路，忽而明白了，有那么一些人，他们是上帝安排在某一个阶段，陪伴你成长的引路人，他们完成了任务后，慢慢隐去。

35. 萧军说，我几次起身想走，却没有走成，也几次起身想将你拥抱，也终将没有拥抱得了。

有些人，紧紧相拥、亲吻之后，开始疯狂地争吵，打骂之后转身离开。

有些人，小心翼翼地走近，终其一生，也没有机会去拥抱那个放在心底的人。

人生没有大团圆，如果真的有，一定是我们失忆了，遗忘了过去所有的烦恼苦闷，只记得最后那一刻有爱的人陪在身边。

喜欢文字的人，大部分喜欢完美，喜欢有艺术感的生活，但生活其实是粗糙的，就像张爱玲说的：生活是一袭华美的袍，上面爬满了虱子。

许多人只看到了袍，却忘了虱子，最终在生活中，每天被虱子烦扰。

不要再去相信永恒的幸福，永久的圆满，今天是幸福的，就去享受今天，明天不知会发生什么，后天你依旧不知道会发生什么，这才是生活。

36. 中国的文学，是从土地里挖出来的，是从生活里刨出来的，这个民族的文学中有太多的苦，不是写出来的，是用粗糙的、长满老茧的手编织出来的，是用宽厚、沉重的脚走出来的。

要想写出震撼人心的文学作品，就要把自己变成一棵参天大树，深深地扎根生活，并且接受狂风暴雨的洗礼，在日复一日中去体悟生命和生活。

37. 如果你的朋友混得很好，他叫你一起出去吃饭的时候，可能你不敢去了。因为很有可能他请客吃饭的地方，你还消费不起；他逛街买的东西，你还不舍得买；他的朋友圈子，你还融不进去。

成长太慢，你会被一些人丢下；但是成长太快，你依旧会被一些人丢下。

最终你会发现，在对等的层次里，你们互相交流，学习，却再也找不回校园时代那份感觉。

38. 人到了某一个阶段，与阅历浅、年纪轻、社会地位低的人聊天，偶尔会觉得，别人总想得到点什么好处；和比自己能力强、社会地位高、

人脉资源广的人聊天，别人可能觉得你有目的性。

我时常怀念高中时候的生活。下着毛毛细雨的天气，几个朋友没有钱去 KTV，也不会去大饭店吃饭，唯一的娱乐项目是轧马路，之后花十多块钱，几个人挤在一个大头贴小店里拍照。

那个时候，生活节奏真慢，舍得花五个小时轧马路、聊天。

那个时候，谁也不嫌弃谁，谁也不会觉得谁在利用谁，那个时候的友情很纯粹。

39. 读了一些书就会明白，有的人只有活着的时候被人讨论，有的人死了之后，依旧有人讨论。

有的时候我会想，倘若有一天我老了，驾鹤西去了，别人会怎么讨论我呢？

或许根本不会有人记得我来过，也根本不会有人在意我走了。

40. 人，很难征服自然。

倘若持续发生洪水、地震、旱灾，人很快会面临死亡。

人，只是自然界中的一种生物。

就像花会开也会败，动物会生也会亡。

人遵循着自然规律，与飞禽猛兽一样，忙着争夺地盘，忙着觅食……

每天，这个世界有人来了，也有人走了。

哲学家喜欢研究人活着的意义，理想主义者为生命赋予意义，为了不让短暂的一生太过单调。

而享乐主义者，活在当下，不认为人活着非要有意义。

其实，所谓意义，就是选择自己认为有趣的方式，走完这一生而已。